儒勒·凡尔纳 著

地心游记

杨宪益 闻时清 译

Voyage au Centre de La Terre

Jules Verne

中国青年出版社

（京）新登字083号

图书在版编目（CIP）数据

地心游记 /（法）儒勒·凡尔纳著；杨宪益，闻时清译. — 2版. — 北京：中国青年出版社，2020.11（2024.9重印）
（凡尔纳科幻小说经典译本 / 曾觉之主编）
ISBN 978-7-5153-6203-8

Ⅰ.①地… Ⅱ.①儒…②杨…③闻… Ⅲ.①幻想小说－法国－近代 Ⅳ.①I565.44
中国版本图书馆CIP数据核字（2020）第198037号

地心游记

作　者：	（法）儒勒·凡尔纳
译　者：	杨宪益　闻时清
责任编辑：	彭宇珂
封面插图：	可　描
内文插图：	爱德华·里乌
书籍设计：	左左工作室

出版发行：中国青年出版社
社　　址：北京东四12条21号
邮　　编：100708
网　　址：www.cyp.com.cn
编辑中心：010-57350520
营销中心：010-57350370
印　　装：北京中科印刷有限公司
经　　销：新华书店
规　　格：787mm×1092mm　1/32
印　　张：9
字　　数：180千字
版　　次：1959年2月北京第1版　2020年11月北京第2版
印　　次：2024年9月北京第17次印刷
印　　数：237001-240000册
定　　价：48.00元

本图书如有印装质量问题，请凭购书发票与质检部联系调换　联系电话：（010）57350337

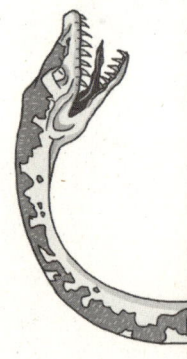

目 录

第一章
黎登布洛克叔父……………………………………001

第二章
神秘的羊皮纸………………………………………006

第三章
叔父也迷惑了………………………………………012

第四章
我找到了钥匙………………………………………021

第五章
叔父念羊皮纸………………………………………026

第六章
辩论…………………………………………………031

第七章
准备…………………………………………………040

第八章
出发…………………………………………………049

第九章
在冰岛………………………………………………056

第十章
冰岛的一次晚餐……………………………………064

第十一章
我们的向导——汉恩斯·布杰克······069

第十二章
去斯奈弗的路上······075

第十三章
近山······082

第十四章
无效的辩论······088

第十五章
斯奈弗山顶······094

第十六章
陷口里······102

第十七章
开始真正的旅程······109

第十八章
海面下一万英尺······114

第十九章
"我们一定要实行配给了"······121

第二十章
死胡同······125

第二十一章
渴!······130

第二十二章
还是没有水······136

第二十三章
"汉恩斯,对!"······139

第二十四章
海下······145

第二十五章
休息一天······150

第二十六章
只剩我一个人······154

第二十七章
迷路!······158

第二十八章
声音······162

第二十九章
得救······169

第三十章
"地中海"······174

第三十一章
木筏······182

第三十二章
航行的第一天······188

第三十三章
"这是什么?"······196

第三十四章
阿克赛岛······204

第三十五章
风暴·················209

第三十六章
我们到哪儿去?·················216

第三十七章
人头!·················221

第三十八章
叔父的讲演·················226

第三十九章
这是人吗?·················233

第四十章
障碍·················241

第四十一章
往下走!·················246

第四十二章
我们的最后一餐·················253

第四十三章
爆炸·················260

第四十四章
我们在哪儿?·················266

第四十五章
结束·················274

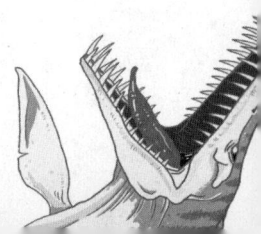

第一章

黎登布洛克叔父

1863年5月24日,一个星期天,我的叔父黎登布洛克教授匆匆忙忙地跑回到他的小住宅去,那所房子是在科尼斯街十九号,这是汉堡旧城里一条最古老的街道。

我们的女佣玛尔塔以为她做饭做晚了,因为饭菜现在才开始在锅里嗞嗞作响哩。

"好吧,"我对自己说,"我的叔叔要是饿了,他会大喊大叫的,因为他是性子最急躁的人。"

"黎登布洛克先生这么早就回来了!"玛尔塔冲进饭厅的门,惊慌失措地喊着。

"是呀,玛尔塔,可是午饭还不到时间呢,因为还不到两点钟。圣米歇尔教堂刚刚打了一点半钟。"

"可是为什么黎登布洛克先生就回来了呢?"

"他大概会告诉我们为什么的。"

"他来啦!我要走开了。阿克赛先生,你要向他解释一下啊。"

玛尔塔又回到她的厨房做饭去了。

我一个人留在这里。但是向一位脾气最暴躁的教授作些解释不是像我这样性格马马虎虎的人做得来的。我正打算小心谨慎地回到我楼上的小房间去,这时外面的大门响了一下就被推开了:沉重的脚步压得楼梯作响,这房子的主人穿过饭厅,急速跑到他的工作室去了。

科尼斯街十九号——黎登布洛克教授的家

可是在他急促穿过饭厅的时候，他把他那根圆头手杖丢到房角，把他头上的大帽子丢到桌子上，又向他的侄子大声命令道："阿克赛，跟我来！"

我还没来得及行动，教授又用急躁的声音向我喊道：

"怎么？你还不来！"

我赶快飞奔到我这位厉害老师的书房去了。

黎登布洛克并不是一个坏人，这我也愿意承认；但是，除非世界上发生了什么奇迹，不然他这一辈子总是个怪人。

他是约翰学院的教授，讲授矿石学。在讲课的时候，他总要发一两次脾气。他并不理会他的学生是否按时上课，是否用心听他讲授，学习上是否有成就，这些细节他全不关心。用德国哲学家的话来说，他是凭"主观"讲课的，他讲课只为他自己，而不是为了别人。他是一个自私的学者，一个科学的泉源，但是想从这个泉源里打水上来却是很费事的。一句话，他是个吝啬鬼。

在德国，有一些教授是这样的。

不幸我的叔父在发言方面有些欠缺，在熟人中间闲谈还好，在公共场所就不行。作为一个演讲者，这是很可惜的缺点。所以在学院讲课时，这位教授常常为了同一个不易从嘴里说出来的、特别刁难的字进行斗争而中止发言。那个字对教授抗拒到底、越来越胀大，最终以不太科学的骂人粗话的形式从教授嘴里脱口而出，随着就是教授自己的一阵大发雷霆。

矿石学里有不少半希腊、半拉丁的名称，都很难念，一些古怪名称就连诗人的嘴也说不出来。我并不是说这门科学的坏话，完全没有这个意思。可是当一个人碰到什么"菱形六面结晶体"、什么"松香沥青化石"、什么"给兰立特岩"、什么"谭加西特岩"、什么"钼硫铅"、什么"镙矿锊强酸盐"、什么"铋养错钙矽",就是最灵活的舌头也会说错。

在这城里,人人都知道我叔父这个可以原谅的毛病,他们欺负他,他们等他说到困难的地方,叔父越生气,他们就越笑。就是在德国,这也不能算很有礼貌的事。所以虽然听黎登布洛克教授讲课的人很多,但其中有不少人是来欣赏教授发脾气,开开玩笑的。

不管怎么样,我总得强调一下,我叔父是个真正的学者。虽然他有时动作有点儿粗鲁而把一些标本搞坏,他却有地质学家的天才和矿石学家锐敏的观察力,用起他的锤子、他的钻子、他的磁石、他的吹管和他的盐酸瓶子来,他是很在行的。从某一种矿石的裂痕、外表、硬度、可熔性、响声、臭气和味道中,他可以毫不迟疑地判定它在现代科学所发现的六百种物质中是属于哪一类。

黎登布洛克这个名字在所有国家科学机关学会里都得到尊敬。亨夫莱·达威先生、德洪伯特先生、富兰克林和萨宾纳船长路过汉堡的时候,都要来拜望他。还有贝凯雷先生、埃贝曼先生、布鲁斯特先生、杜马先生、米尔纳-爱德华先生以及圣·克莱尔-德维尔先生,都喜欢同他研究化学方面的重要问题。他在这门科学上有过很多发明:1853年在莱比锡城发表了《超越结晶体学通论》,这是一部附铜版插图的巨著,但因为成本太高,还要赔钱。

此外我的叔父还做过俄国大使斯特鲁维先生的矿石博物馆的主任,那里的宝贵收藏是全欧洲著名的。

向我急躁喊叫的也就是这位大人物。你们可以想象一个高个子，瘦瘦的，非常健康，外表很年轻，所以这五十岁的人看来只有四十岁。他的大眼睛不停地在他的大眼镜后面转动。他的鼻子长而且尖，像一把尖刀；顽皮的学生常说那是一块磁石，可以吸起铁屑。那都是瞎说造谣，不过，叔父的确吸鼻烟，而且数量很大，这一点不假。

我还要补充说明，我叔父迈一步足有三英尺①，而且他走路时紧握双拳，说明他的脾气很烈。从这些特征你就可以明白为什么别人怕接近他了。

他就住在科尼斯街的这所小房子里。房子半砖半木，有锯齿形的山墙，旁边有一条弯弯曲曲的运河穿过汉堡旧城中心，那地区幸免于1842年的火灾。

不错，这所老房子有些歪斜，而且向外凸出。它的屋顶倒向一边，有些像"美德联盟"②的学生的便帽，它的垂直线条也不太高明。可是总的说来，它还很牢固，这是由于它前面长着一株根深叶茂的老榆树，在春天那株树就把它的花蕾紧贴在玻璃窗上。

我的叔父在德国教授里要算过得不错的。这所房子和房子里的人全属于他。家属里有他的教女格劳班——一个十七岁的维尔兰③少女，还有女佣玛尔塔和我。由于我是个孤儿，又是他的侄子，我便成了他科学实验中的助手。

---

① 英美制长度单位，1英尺等于12英寸，合0.3048米。
② 美德联盟（Tugendbund），1808—1805年期间活跃的德国协会，旨在激励德国民族美德。
③ 维尔兰是爱沙尼亚的一座城市。

我要承认我对地质学非常爱好，我的血管里有矿石学家的血液，而且我玩起我宝贵的石头来永远不会厌倦。

总的说来，虽然这位主人的脾气很急躁，可住在科尼斯街这所小房子里是可以过得很快活的。他就是态度上有些粗暴，他实际上是很爱我的。可是这个人就不能等待一下，永远急得要命。

4月间，他在瓦盆里种了一些木樨草和牵牛花以后，每天早晨他都要去拉拉叶子，让花长得快一些。

对这样一个古怪的人，只有服从命令。于是我就赶快跑到他书房里去了。

第二章

神秘的羊皮纸

这间书房简直是个博物馆。一切矿石标本都在这里，非常整齐地贴着标签，分作可燃烧的、金属的和岩石的三大类。

我多么熟悉这些矿石学的玩意儿！我常常不去跟我同岁的小孩子们玩耍，而去欣赏抚摩那些石墨、石炭、黑煤、木煤、土煤，还有那些土沥青、松香、有机盐类。它们都不能沾上一点点灰尘！还有那些金属矿石，从铁到黄金，它们的相对价值在科学标本的绝对平等面前消失了！还有那一大堆岩石，足够重盖一所我们这样的住宅，还可以多盖一间好房子，那就对我很合适了！

可是，当我走进这间书房的时候，我的心却不在这些宝贝上面。我全部精神集中在我叔父那里，他坐在那"乌特烈绒"①的大靠椅上，手里拿着一本书，正带着非常欣赏的表情研究它。

"真了不起啊，真了不起啊！"他喊着说。

这话使我想到，黎登布洛克教授在余暇时也是一个书呆子。不过在他看来，一本古书的价值只在于它的难得找到或者难以辨认。

"怎么样，"他对我说，"你没看见这本书吗？这是一件无价之宝，是我今天早晨在那犹太人海维流斯的书摊上找到的。"

"真好啊！"我勉强装着兴奋的样子回答。

说实在的，一本旧书有什么值得大惊小怪的？书的封面同书脊都是粗牛皮做的，书已经旧得变成黄色，还垂着一条变了颜色的书签。

这时教授那又惊又喜的呼喊却还没有停止下来。

"你看啊，"他说，他一面自己发问，又一面自己回答，"它漂亮不漂亮？是啊，真了不起！你看那装帧！这本书容易打开吗？是啊，在任何一页打开来都不会动！它关得严吗？是啊，它的封皮同里页紧紧合在一起，任何一处都不会张开。而且它的书脊过了六百年还没有一点裂痕！啊，这本书的装帧就是伯结连、克洛斯或者蒲尔阁②也会感到骄傲的。"

我叔父自言自语的时候，不停地把这本古书关上又打开。我不能不问问他这本书的内容是什么，虽然我对它一点兴趣也没有。

---

① 乌特烈为荷兰地名，以呢绒制造闻名。
② 这三个人都是精于书籍装帧的行家。

"这本了不起的书叫什么名字呢?"我带着假装有兴趣的口气问他,虽然我的表情有些过火。

"这本书嘛,"我叔父兴奋地答道,"这是斯诺尔·图勒森的《王纪》,他是十二世纪冰岛著名的作家。这是统治冰岛的挪威族诸王的编年史。"

"真的吗?"我表示有兴趣,"当然,这是译成德文的了?"

"哼!"教授有点生气,"翻译!我要你的翻译有什么用?翻译算什么!这是冰岛文的原本,这种奇妙的语言又丰富又简单,它的文法构造是变化最多的,它的词汇含义也是最丰富的!"

"那就像德文一样了。"我高兴地说。

"是的,"我叔父耸了耸肩膀,"只不过有这点区别,就是冰岛文像希腊文一样有三种词性。又像拉丁文一样,名词可以变化。"

"啊,"我有点儿吃惊了,"这本书的字体漂亮吗?"

"字体?!你说的是什么,糊涂的阿克赛啊!字体可真好啊!啊,你以为这是一本铅字印出来的书!可是,糊涂人,这是个手抄本啊,而且是卢尼文的手抄本……"

"卢尼文?"

"是啊,你现在要问我这个名词的意义了吧?"

"我明白。"我用不服气的口气回答他。

可是我叔父不理会我,还是继续讲下去,给我说明我所不懂的一些事情,虽然我并不想听。"卢尼文,"他说,"就是过去在冰岛使用过的一种文字,而且根据传说,还是古代天神奥丁创造的呢！你来看看，欣赏欣赏吧，无知的孩子，这是天神脑子里创造出来的字体哩！"

我无法回答，真要五体投地了。用叩拜的方式回答对天神或皇帝都很合适，因为那样就不会出言不逊了，可是正当这时一件事使我们中止了谈话：从书里掉出来一张染污的羊皮纸，落到地上。

我的叔父立刻去捡起这个玩意儿，他的急促动作也是容易理解的。一份古老的文件，藏在一本古书里不知道过了多少年代，在他看来当然是非常珍贵的。

"这是什么呀？"他嚷道。

同时，他小心谨慎地在桌上摊开一小块羊皮纸，这纸长五英寸，宽三英寸，上面横行排列着一些看不懂并且像咒语似的字。

下面就是摹下来的原文。我尽力记下这些古怪的记号，因为就是这些字使得黎登布洛克教授和他的侄子去作了十九世纪最离奇的一次旅行：

教授对这几行字研究了几分钟，然后把他的眼镜推到额上："这是卢尼文，它的样子同斯诺尔·图勒森手抄本上的完全相同！可是……这些字是什么意思呢？"

我认为卢尼文就是一些学者创造出来故意让人作难的，所以当我看到我的叔父也看不懂的时候，我倒有点儿高兴。可是我看到他的手指头开始发抖，而且抖得很厉害。

"这总应该是古代冰岛文字啊！"他咬着牙齿，自言自语地说。

黎登布洛克教授也应该能认得，因为他是个通晓各国语言的学者。他也许不能精通地球上的两千种语言和四千种方言，但他至少晓得其中相当一部分。在这困难面前，他的急躁情绪自然要流露出来，我正准备看一场大闹，这时壁炉架上的小钟打了两点钟。

同时女佣玛尔塔推开房间的门，通知说："午饭好了。"

"去你的什么午饭！"我叔父叫着，"做饭的和吃饭的都去你的！"

玛尔塔跑开了。我飞步跟在她后面，迷迷糊糊地坐在我在饭厅吃饭时经常坐的座位上。

我等待了一会儿，教授没有来，这还是据我所知的第一次，他放弃了午饭。这次的饭菜又是多么好吃呀！一道芫荽菜汤、一道火腿溜黄菜和五香荜蕟、一道小牛肉加酸梅卤，甜菜是糖腌鲜虾，此外还有"莫赛尔"美酒可喝。

可是为了一张旧纸，这些东西他都不能领受了。作为他忠诚的侄子，我认为我必须为我自己吃，也要为他吃，这件事我认真地履行了。

"我从来没见过这样的事！"女佣玛尔塔在一旁说，"黎登

"这是卢尼文,可是……这些文字是什么意思呢?"

布洛克教授不上桌子吃饭。"

"这真让人难以相信。"

"这说明有重大事件将要发生!"玛尔塔又摇着头说。

在我看来,这不说明任何事,除非我叔父发现他的午饭被吃得精光,大闹一场。

我刚吃完最后的一只虾,这时教授的大声叫喊使我停止去品味甜菜。我一跳就从饭厅到了书房。

第三章

叔父也迷惑了

"这显然是卢尼文,"教授皱着眉头说,"可是这里有一个秘密,我要把它解开,除非……"

他做了一个猛烈的动作,打定了主意。"坐在那里,"他接着说,用拳头给我指着桌子,"开始写。"

我立刻就准备好了。

"现在,我要念出相当于这些冰岛字的每个字母,由你听写下来。我们要看看结果是些什么。可是,我以圣米歇尔①的名义说话!你可要小心不许出错!"

听写开始了。我尽了我的力量,字母一个接一个地念出来,就成了下列这些不可理解的文字:

---

① 圣米歇尔:基督教里有名的首位天使。

mm.rnlls	esreuel	seecFde
sgtssmf	unteief	niedrke
kt,samn	atrateS	Saodrrn
emtnael	nuaect	rrilSa
Atvaar	.nscrc	ieaabs
ccdrmi	eeutul	frantu
dt,iac	oseibo	KediiY

当这件工作结束了的时候，叔父立刻把我听写的这张纸抓过去，长久地研究它，非常专心。

"这里说的是什么呢？"他机械地自言自语。

说老实话，我没法回答他的问题。但是他也并没有问我，他继续自言自语：

"这就是我们所谓的密码，"他说，"里面的意义是隐藏在一些故意弄乱的字母中的，如果我们把它们适当排列，就可以排成人们能够懂得的话。你想想，这里也许有一种说明或隐意，可以引导到重大的发现哩！"在我看来，这里什么意义也没有，可是我谨慎地隐藏起我的意见。教授又拿起那本书和那张羊皮纸，把两者加以比较。

"这两个文件不是一个人写的，"他说，"这个密码在这部书的时代之后，而且我找到了一个不可否认的证据。这个密码上头一个字母是两个'm'，那是在图勒森书上找不到的，因为这个新字母要到十四世纪才加进冰岛文字里去。因此，在这抄本和这文件中间至少相差两百年。"

这一点我承认,叔父的推断看起来是很合理的。

"因此我联想到,"叔父接着说,"大概是这本书的某一个收藏者写了这些神秘的字。可是,真是的,这个收藏者是谁呢?他不会把他的名字写在这抄本的某一个地方吗?"

叔父把眼镜推到额上,拿起一个度数很大的显微镜,仔细地观察这本书的头几页。在第二页的背面,也就是有副标题的那一页,他发现了一些污点,看起来好像是一块墨水痕迹。可是,继续细看之后,仍然可以看出一些大半擦去的字母。我叔父认为这值得研究,他拼命研究这块墨痕,在他那大显微镜的帮忙之下,最后终于认出了这些记号——也是卢尼文。他就毫不迟疑地念出来:

ᛏᛚᚨᛁᛏ ᛋᛁᚴᚱᛆᛞᛋᛋᚨᛏ

"阿恩·萨克奴姗!"他用胜利的口气喊着,"这是一个人的名字,而且还是个冰岛人名!这是十六世纪的一位学者,一位著名的炼金术士呢!"

我看着叔父,非常佩服他。

"这些炼金术士,"他接着说道,"阿维森那、培根、卢那、巴拉结索,都是些了不起的人,也是那个时代著名的学者。他们的发现都让我们惊异。这个萨克奴姗难道不会把某种重大发明藏在这不可理解的密码里吗?应该是这样的。一定是的。"

教授的想象力被这个假设激起来了。

"毫无疑问是这样,"我鼓起勇气回答,"可是这位学者又为了什么要把某种奇妙的发现隐藏起来呢?"

"为什么?为什么?啊!我怎么知道?伽利略不也是把土星的发现这样隐藏起来的吗?不管怎么样,我们会知道的。我要知道这个文件的秘密,我将不吃饭、不睡觉,直到发现它为止。"

"哎呀!"我暗自惊道。

"你也是这样,不吃不睡,阿克赛。"他接着说。

"天啊!"我对自己说,"幸亏我刚才吃了个双份!"

"现在,"叔父又说,"我们必须找到这个密码的原文,这件事应该不困难。"

听到这话,我很快地抬起头来。叔父继续自言自语道:"没有更容易的事了。在这文件里有一百三十二个字母,其中有七十九个子音和五十三个元音。这差不多符合南欧文字中的一般比例,要是北欧文字,子音就要丰富得多了。因此它应该是一种南欧语言。"

这个结论是很有根据的。

"可是它是什么语言呢?"

这是我的老师,也就是我的叔父要回答的问题,可是我很佩服他那深刻的分析能力。

"这个萨克奴姗,"他接着说,"是一个有学问的人;因此,在他不用祖国语言书写的时候,他一定挑选十六世纪文化人中的通用语言,我敢说是拉丁文。如果错了,我可以试试西班牙文、法文、意大利文、希腊文和希伯来文。但是十六世纪的学者一般都用拉丁文书写。我可以肯定,这是拉丁文。"

我从椅子上跳起来。我对拉丁文的好感使我反抗这种假设:"这些古怪的字怎么能是诗人维吉尔①的美妙语言呢?"

"是的!是拉丁文,"叔父又说,"但它是打乱了的拉丁文。"

"好吧,"我自己想,"你要是能把它弄得不乱了,那才算有本事呢。"

"让我们来研究一下。"他拿着我写过的纸说道,"这里是一百三十二个字母,它们显然被打乱了。有些单词其中只有子音,如第一个单词mm.rnlls;相反,有一些单词里的母音相当多,如第五个单词unteief,或倒数第二个单词oseibo。这种排列显然不对,这是根据我们不知道的规律,按数学方式排列起来的。看起来可以肯定,作者首先是写下正确的话,然后根据我们尚未发现的规律重新排过。能找到解这个谜的钥匙,就可以顺利地念出来。阿克赛,你有这把钥匙吗?"

我没有回答这个问题。我有我的理由,我的目光正停留在墙上的一幅美妙的画像上,那是格劳班的画像。叔父的这个养女现在正在阿尔童纳,在她的一个亲戚那里。她不在这里使我非常忧郁,因为,我现在可以坦白说出来,这个漂亮的维尔兰女孩子同我这个教授的侄子正在恋爱,像德国人那样耐心而安静地恋爱着。我们背着叔父已经订了婚。叔父太专心于地质学,不了解其他情感。格劳班是一个可爱的女孩子,黄头发,蓝眼睛,性格有点儿严肃,脾气有点儿认真,但她非常爱我;至于我这方面,我

---

① 维吉尔(公元前70—前19):古罗马诗人。

格劳班

简直崇拜她,如果用日耳曼文可以这样形容的话。我的小姑娘的倩影一时把我从现实世界带到幻觉和回忆的世界去了。

我回想着我这个工作和玩耍中的伴侣。她每天帮助我排列叔父的这些宝贝石头;她同我在一起贴标签,她真是一位了不起的矿石学家!她喜欢钻研科学上的疑难问题。我们两人在一起学习,度过了多么甜蜜的时光!我时常妒忌那些被她可爱的手抚摩过的无知的石块,它们是多么幸福啊!

然后,休息的时间到了,我们两个人就一起走出去。我们走过阿尔塞的林荫道,我们又走到有古老而漆黑的磨坊的草地,磨坊在湖水边上显得多么美丽。我们一边走路,一边谈话,手拉着手。我给她讲故事,让她发笑,然后我们走到易北河岸,对在巨大的白莲花中间游来游去的天鹅说过晚安之后,我们就乘着汽船回去。

我正在做我的白日梦,忽然叔父用拳头在桌上一击,把我带回了现实世界。

"我们来看,"他说,"一个人为了把字母弄乱,我认为首先想到的自然的办法就是把这些平行的字从上往下写。"

"天啊!"我想着。

"我们可以看看那样的结果如何。阿克赛,在这张纸上随意写一句话,可是不要一个字母连一个字母地写,而是依次把它们直着写下去,写成五六行。"

我明白了该怎么做以后,就立刻写下来:

  J m n e , b
  e e , t G e

```
t′  b  m  i  r  n
a  i  a  t  a  !
i  e  p  e  ü
```

"好,"教授看也不看就说道,"现在,把这些字母写成一横行。"

我照办了,就得到下列的结果:

Jmne, b ee, tGe t′ bmirn aiata! iepeü

"好极了,"教授一面说,一面从我手里把这张纸拿了过去,"这正像那个古老文件的样子,这些子音和母音都排成一样的混乱形式,也有大写字母在单词的中间,标点也是这样,跟萨克奴姗的羊皮纸一模一样!"

我不得不承认他的话很有道理。

"现在,"叔父冲着我说道,"我要念出你所写的话,至于你写了什么,我事先并不知道。我只要把每一个字母按顺序排起来。"

叔父就念起来,结果他很诧异,我也很诧异。

"我真爱你,我的小格劳班!"

"什么?"教授说。

是的,我自己不知不觉、糊里糊涂地写下了这句泄露心事的话。

"啊,你爱上了格劳班!"叔父用老师的严厉口气问我。

"是的……不是……"我支吾着回答。

"啊,你爱格劳班,"他机械地重复说着,"好吧,我们现在把这方法应用到有关文件上去吧。"

叔父又回到他极感兴趣的研究上去了,已经忘了我由于不小心而说出的话。我说那话很不恰当,因为学者的头脑不能理解有关爱情的事。但是还好,这个文件的重要性把他吸引住了。在他要做这个重大试验的时候,他的眼睛透过眼镜发出光来;他的手指发抖,他又抓起了那古老的羊皮纸;他非常激动,最后他用力咳嗽一声,就用严肃的口气,一个单词一个单词念下去,并让我听写下来:

mmessunkaSenrA.icefdoK.segnittamurtn
ecertserrette, rotaivsadua, ednecsedsadne
lacartniiiluJsiratracSarbmutabiledmek
meretarcsilucoYsleffenSnI

写完以后,我必须承认我很激动,这些单词一个个排下去看起来没有任何意义。于是我等待着教授嘴里庄严地说出一句漂亮的拉丁文。

但是真想不到,他沉重的拳头震动了桌子。墨水溅出来了,我手里的笔震落了。

"这不对,"叔父喊着,"这没有什么意义!"

然后他像一颗子弹似的穿过书房,像雪崩似的下了楼梯,一直冲到科尼斯街,快速地沿着科尼斯街向前奔去。

第四章

我找到了钥匙

"他走了吗?"玛尔塔听见外面大门的响声就跑来喊道。关门的声音使得整个房子都震动了。

"是的,"我说,"的的确确走了!"

"啊!他的午饭怎么办?"玛尔塔问道。

"他不吃午饭了!"

"他的晚饭呢?"

"他晚饭也不吃了!"

"这是怎么了?"玛尔塔两手紧握着问。

"不吃了,玛尔塔,他再也不吃饭了,家里人也都不吃饭了!黎登布洛克叔叔要我们都挨饿,除非他能解开一个绝对解不开的古老谜语!"

"天啊!那样我们一定要饿死了!"

我不敢说,按照叔父那样固执的性格,这似乎是我们不可避免的命运。

玛尔塔真恐慌起来了,她叹着气回到她的厨房。

我现在一个人在这里,我动了一个念头,想去找格劳班,但是我怎么能离开这房子呢?他要是叫我怎么办?他也许要继续解答这个连古代的跛足王[1]也回答不了的谜语的!他如果叫不到

---

[1] 跛足王即希腊神话中的俄狄浦斯。怪兽斯芬克斯曾拦住路让人猜谜,猜出的放行,猜不出的则被撕碎吃掉,无数人被夺去性命,而俄狄浦斯解出了谜语。

玛尔塔叹着气回到厨房。

我,他会怎么样?

所以还是留下来好些。正好,一位贝桑松地方的矿石学家送给我们一些他搜集的石英含晶石,需要分类。我就开始工作起来,我研究它们,贴上标签,把这些中空而闪耀着小块水晶的石头放在玻璃匣里。

但是这件工作并不使我感兴趣。那份古老文件很奇怪,还在牵引着我。我的头脑感觉混乱,有一种隐隐不安的感觉。我觉得就要有一场重大变故。

过了差不多一个钟头,我的含晶石已经都整理好了。我躺在那个乌特烈绒大靠椅上,垂着两臂,头向后仰着。我燃着我的长而弯的烟斗,烟斗上面雕刻着一个玉体横陈的仙女,我看着那仙女渐渐被烟熏成一个黑人的过程作为消遣。我时时倾听着楼梯上的响动。但是没有声音。叔父这时会在哪里呢?我想象他在阿尔童纳道上美丽的树荫下跑着,指手画脚地用他的手杖击着墙,狂暴地打着草,扰乱宁静的天鹅的休息。他会胜利回来还是失望回来?那秘密能不能揭开?我这样问着自己,然后,我无意中又拿起那张纸,上面排列着那些我写下来的不可解的字母。我重复说着:

"这是什么意思呢?"

我打算把这些字母分成一个个的单词。无解。我把它们两个、三个、五个、六个组合在一起,还是完全不可理解,其中第十四个、十五个和十六个字母在一起组成了英文的ice(冰),而第八十四个、八十五个和八十六个字母又组成了英文的sir(先生)。最后,在文件当中,第二和第三行间,我又可以看到拉丁文的rota(轮)、mutabile(能改变的)、ira(怒气)、nec(不)和atra(残忍)。

"啊,"我想,"最后这几个单词好像证明叔父关于这文字的假设是不错的!"同时,在第四行,我又看到了一个单词,luco,它的意思是"神圣的森林"。还有在第三行可以看到这个单词tabiled,看起来完全像希伯来文,最后一行有mer(海)、arc(弓)、mere(母亲)几个单词,这些又完全是法文了。

这真叫人发疯了!这些不同的字怎么能成一个句子?这些字"冰、先生、怒气、残忍、神圣的森林、能改变的、母亲、弓和海"在一起有什么意义?只有把头一个单词和最后一个单词组合在一起还可以,因为在一封用冰岛语写的文件里,有"冰海"这样的话当然并不奇怪。可是要了解这密码里其他的单词就是另外一个问题了。我是在同一个不可解决的困难作斗争;我的头脑发热;我的眼睛冒火;这一百三十二个字母好像在我面前飞舞着,仿佛四围的空中都是些闪耀的银珠,使我的血沸腾。

我陷入一种梦幻状态,我喘不过气来,我需要空气。我机械地拿起这张纸来当扇子扇风,这张纸的正面和反面都在我眼前出现。

在这急促的动作中,当纸的反面转到我面前的时候,我非常惊讶地看到了一些完全可以辨认的单词,一些拉丁词语,其中有craterem(岩石的陷口)和terrestre(地球)。

忽然我看到了一线光明,这些指示给了我真实的答案,我发现密码的规律了。要读懂这个文件只需要从后往前念!这样就可以顺利地读下去。叔父聪明的假设实现了,他把字母排列得很对，道理并不错。他只需要再加一点东西就可以念出这句拉丁话，而这一点补充我无意中得到了。

你们可以想象我是多么激动！我的眼睛看不清楚，我不能读下去，我把这张纸摊在桌子上，我只要一看就可以解开这个秘密了。

最后我设法使自己冷静一些。我命令自己在房里走两圈来平复紧张的情绪，然后又坐在那大椅子上。

"现在念吧！"我喊着，首先深深地吸了一大口气。

我伏在桌上。我用手指着每一个字母，一点没有阻碍，没有迟疑，我就高声朗诵出全部句子来。

可是这结果多么使我惊讶恐怖啊！我呆呆地坐在那里，好像突然受了一次打击。"什么？我所听到的是什么事啊！一个人能那么大胆敢下到那里吗？……啊！"我跳起来叫着，"不能，不能！叔父不能知道这件事！他一定会去作同样的旅行的！他会打算试一下的！没有任何东西能阻拦他！像他那样固执的地质学家！他无论如何总要去的！而且他要带我去，我们就再也回不到人世来了！永远回不来了！"

我异常激动的情绪是描写不出来的。

"不能，不能！不能让他知道，"我坚决地说，"我既然能够阻止这个暴虐的人知道这件事，我就要这样做。他如果把这张纸转过来，他就会偶然发现这个秘密！我把它毁了吧！"

壁炉里还有一点余火。我不但拿了这张纸，而且还拿了萨克奴姗的原稿。我正用颤抖发热的手，要把这一切都投到火里，毁去这危险的秘密。这时书房的门打开了。叔父回来了。

第五章

叔父念羊皮纸

我仅仅来得及把这倒霉的文件放回到桌子上。

黎登布洛克教授来了,还在全神贯注地想着心事。他的专心使他无暇考虑别的东西,他显然已经研究分析了这件事情,在外面散步时他用了全部想象力来做这件事,现在回来要试验某种新的解决方案了。

所以他就坐在他的椅子上,手里拿着笔,开始写出一些类似代数习题的公式。

我留神看他发抖的手,他的每一个动作我都非常注意。他会发现什么惊人的结论吗?我在发抖,但是这是毫无道理的,因为那真正的唯一的答案已经被我发现了,任何其他解法显然都是白费力气。

在漫长的三小时内,叔父只是工作着,一句话也不说,也不抬头,一千次划掉了又重做,放弃了又重新开始。

我很明白,如果他能把这些字母按照合适的位置排起来,他就能念出这个句子。但我也知道仅仅二十个字母就有着2,432,928,166,640,000种排法。这句子里有一百三十二个字母,这一百三十二个字母排列的变化要用一百三十三个数字才能表达出来。这是一个几乎无法计算的数目,简直无法想象。

解决问题的工程如此浩大,使我感到安慰。

时间飞驰而过,已是晚上了。道路上的喧嚣渐息,但叔父伏

身案上,什么也看不见,就连玛尔塔开门进来他也没有注意。他什么也听不见,虽然玛尔塔说:

"先生,要吃晚饭吗?"

玛尔塔得不到回答,怏怏地走出去了。至于我,在竭力要驱逐睡意之后,睡眠终于把我征服,我就在沙发的一头睡着了,虽然叔父还在不停地计算再计算。

第二天早晨,当我醒来的时候,那不知疲倦的人还在工作。他的眼睛通红,脸色苍白,头发被焦急的手抓得很乱,颧骨发紫,说明他进行了何等猛烈的斗争,要做出不可能的事来。在这漫长的时间里,他忍受了多大疲倦,用过多少脑筋啊!

真的,我开始可怜他了。无论我对他有什么责难,我渐渐被怜惜心战胜了。这个可怜的人是那样专心,甚至忘记了发脾气;他一切的力量都放在这个文件上;由于这些力量找不到正当发泄的机会,我怕这种紧张情绪会突然爆发。

我可以一下子就把他头上的铁箍去掉,只用说一个字就够了!可是我没有这样去做。

我这也是出于好意。我为什么一声不响呢?还不是为了叔父的利益嘛。

"不能说,不能说,"我自言自语道,"我不能说出来!我知道他的脾气,他会去的,没有东西能够阻止他。他的想象力非常强,为了要做别的地质学家没有做过的事,他会冒险的。我要隐瞒着,我要保守秘密;他一发现,就会害死他的。他要是猜得出来,就让他猜好了;我可不愿意将来因为把他引上了灭亡的道路而后悔。"

这样决定好了之后，我决定袖手旁观。但是我没有估计到这时发生的一件事情。

当玛尔塔要出门去市场买东西的时候，她发现大门锁起来了，大门钥匙也不在门上。是谁拿去了呢？显然是叔父昨天晚上在外面散步匆忙回来的时候拿去的。

他是故意这样做的吗？还是偶然的事？他要我们挨饿吗？那样想也太过火了。虽然我们跟这件事一点关系也没有，难道要玛尔塔同我一齐受罪？不错，我回忆到过去的一件使我们害怕的事。那是在若干年前，当时叔父正在从事他伟大的矿石分类工作，他坐在家里四十八小时没有吃饭，全家也必须忍受这种科学待遇。我是一个食欲旺盛的孩子，结果肚子饿得非常难受。眼看这顿午饭又要同昨天晚饭一样取消了，我就决定要做个好汉，不怕饿。玛尔塔却感觉问题很严重，非常伤心。我倒是觉得出不了门的问题更重要，我也有我的理由，这不需要明说。可是叔父还是不停地工作：他只想如何解答问题。他的心不在人间，他也没有人间的需要。

快到中午了，我饿得非常难受。玛尔塔昨天晚上不假思索地把剩下的饭菜都吃光了，家里一点东西也没有。可是我坚持着，要做一个英雄好汉。

下午两点钟了。情况变得荒谬不可忍受，我把眼睛睁得大大的。我开始对自己说，我是把这文件的重要性估计过火了，叔父不会相信它的，他将认为这是一种荒谬的意见。就是他要去冒险，也可以阻止他的。而且如果他自己发现了这个谜语的钥匙，我岂不是白白饿了一顿？

这些道理昨天晚上我都认为不值得考虑,现在看起来都成为很好的理由了。我认为完全没有道理要等待这么长的时间,我决定告诉他。我正想找一个不太突然的方式来向他说明,这时叔父站起来,戴上帽子,又准备要出门。

我不能放他出去,再把我们关在家里。

"叔叔。"我说。

他好像并没有听见。

"黎登布洛克叔叔!"我高声地又叫了一次。

"哦?"他好像突然醒过来。

"啊,那钥匙?"

"什么钥匙?门上的钥匙吗?"

"不是,"我喊着说,"文件的钥匙!"

叔父透过他镜片的上方看着我。他显然看到我的表情有点儿特殊,因为他用力抓住我的膀子,但没有说话,只用目光询问着我。他的疑问表达得非常清楚。

我点了点头。

他摇了摇头,带着怜悯的表情,好像我是个傻子似的。

我更肯定地点了点头。

他的眼睛发光,他的手用力抓紧我。

在这种情形下的这次无声的交谈,即使最无动于衷的旁观者也会对它发生兴趣。我不敢讲话,怕他正在狂喜的时候会阻止我开口。可是他很着急,我不得不回答了。

"是的,秘诀!我偶然……"

"你说什么?"他带着无法形容的感情喊道。

"看,"我说,一面把我写过字的那张纸交给他,"你念吧。"

"可是念不出什么意思啊!"他答道,把那张纸也揉皱了。

"如果你从头念,那是念不出什么意思来的,不过假使你从后面念起——"

我还没有说完这句话,叔父发出喊声,或者可以说是吼声!这是想不到的事,他的容貌也变了。

"聪明的萨克奴姗!"他叫道,"原来你先把你的话写在反面的!"

他的目光迷蒙,声音断断续续,拿着纸,从下而上地读完了全部文件。文件可以用下面几行文字来表达:

In Sneffels Yoculis craterem kem dolibat umbra Scartaris Julii intra calendas descende, audas viator, et terrestre centrum attinges.

Kod feci. Arne Saknussemm.

这些原始的拉丁文可以译成:

从斯奈弗·姚可的陷口下去,7月以前斯加丹利斯的影子会落在这个陷口上,勇敢的勘探者,你可以由此抵达地心。我已经到过了。

阿恩·萨克奴姗

念完以后,叔父突然跳了起来,仿佛意料不到地触了电。他的勇气、快乐和信心都增加了。他慢慢地走来走去,两手抱着脑袋,来回移动着椅子,把书都堆积起来,乱扔着宝贵的水晶体。他这里打一拳,那里拍一掌。最后他的神经安静了下来,仿佛一个精疲力竭的人那样重新倒在椅子里。

"什么时候了?"安静了几分钟以后,他问道。

"三点钟。"我答道。

"是吗?我饿了。我们吃饭去。然后再——"

"怎么样?"

"然后你给我打行李。"

"给你打行李?!"我叫道。

"也给你自己打。"无情的教授一面说,一面走进了餐室。

第六章

辩论

听完这些话,我全身发抖,然而我外表保持镇定。我知道单靠科学辩论就能影响黎登布洛克教授——对了,我可以拿很有力的科学辩论来说明这种旅行是不可能的。到地球中心去!多么疯狂的想法啊!可是我保留我的想法,先到餐室去。

我不愿重复叔父由于没有看到任何现成食物而发出的咒诅。但是接着事情就解决了——玛尔塔得到了自由,赶紧跑到菜市场。她安排得很好,一小时以后我们的饥饿就消除了。

吃饭的时候,叔父很愉快,他开了一些无伤大雅的不失学者身份的玩笑。饭后,他做了一个手势叫我跟他到他的工作室去。我听从了。他坐在写字桌的一头,我坐在另一头。

"阿克赛,"他温和地说,"你是一个非常聪明的孩子,正当我绞尽脑汁,觉得没有希望而想放弃这件事的时候,你帮了我一个大忙。要不然,真不知道我会枉费多少心机!我永远不会忘记,孩子,你将和我一同分享我们就要得到的光荣。"

"好!"我想,"他现在显得和蔼可亲了,这正是和他讨论他所谓光荣的好时候。"

"最主要的,"叔父重新说道,"我坚持要绝对保守秘密。你知道吗?我有很多劲敌,他们很想作这样一次旅行,可是只能等我们这次旅行成功以后才让他们知道。"

"你以为,"我问道,"真有许多人想冒这种险吗?"

"当然啰!能得到这种荣誉,谁会犹豫不决?如果这个文件公开了,就会有大批地质学家立刻想去追寻阿恩·萨克奴姗的踪迹!"

"我并不肯定这一点,叔叔,因为我怀疑这个文件是否真实。"

"什么?!这是从那本书里发现的呀!"

"我也相信那些字是萨克奴姗写的,可是这并不能说明他真作过这次旅行——难道这件事不会根本就是故弄玄虚吗?"

最后一句话有些冒失,我几乎后悔把它说了出来。叔父的浓眉皱起来了。我担心这场谈话会变得不愉快。然而幸运得很,居然没有什么。我那严厉的对话者的嘴上露出了一丝笑意,他回答我说:"这我们以后会知道的。"

"啊!"我有点儿犹豫地说,"可是关于这个文件我还有其他和你不同的意见,请允许我讲出来。"

"讲吧,孩子,没有关系。你可以把你的意见全讲出来。今后我不再把你当作我的侄子,而把你当作我的同事。说吧。"

"好吧,我首先要知道姚可、斯奈弗和斯加丹利斯的意义,我从来没有听到过这三个词中的任何一个。"

"当然啰。最近我幸运地从我一位朋友彼德曼那里得到了一张莱比锡制的世界地图,这张地图可以帮助我们。你把图书馆第二室第四个书架上Z字部的第三本地图拿给我。"

遵照这些指示,我立刻找到了需要的地图。叔父打开地图说道:

"这是安德生收藏的冰岛最好的地图之一,我想它可以解决你的困难。"

我弯着身子看地图。

"你看这些火山,"叔父说道,"注意它们都叫姚可。这个字的意思是冰河,冰岛纬度很高,那里的火山爆发大部分发生在冰层中,所以这个岛上的火山都叫作姚可。"

"哦,"我答道,"那么斯奈弗是什么意思呢?"

我满以为这个问题不会得到答复,但是我错了,叔父答道:

"看这儿:冰岛的西部海岸。你看见冰岛的首都雷克雅未克了吗?看见了!好,再顺着受海水侵蚀的海岸旁这些数不清的峡湾往上看,注意纬度六十五度下面一点的地方,你看见什么东西了吗?"

"有一个好像一根瘦瘦的骨头似的半岛,尽头像一根巨大的膝盖骨。"

"这个比喻很对,我的孩子,你在这根膝盖骨上看见什么没有?"

"看见了,一座好像伸到海里去的山。"

"对!这是斯奈弗。"

"斯奈弗?"

"就是它,这座山高约五千英尺,是这个岛上最有名的山岳之一——如果它的陷口可以通到地球中心,它的确可以成为地球上最著名的山了。"

"但这是不可能的!"我喊道,厌倦地耸耸肩。

"怎么不可能?我能问吗?"教授郑重其事地问道。

"因为陷口里一定充满了燃烧着的熔岩,所以——"

"如果它是一座死火山呢?目前的活火山只有三百座,有许多是死火山。斯奈弗属于死火山,根据记录,一共只喷过一次火,就是1219年的那一次。此后它一直是完全熄灭的。"

这番肯定的论证,使我无言可答。我只好把话题转到文件的其他疑问上。"斯加丹利斯是什么意思呢?"我问道,"还有7月这个月份怎么会夹进来的呢?"

叔父考虑了几分钟,使我产生了瞬间即逝的一线希望,然后他答道:

"你认为疑问的,对我来说却是一种启示。这证明萨克奴珊机巧谨慎地把严正的教训给了我们。斯奈弗有好几个陷口,为了指出通向地球中心的那一个陷口,这位聪明的冰岛人利用了观察

"斯奈弗,如果它的陷口可以通到地球中心……"

的结果,就是在将近7月——也即是6月底——的时候,这座山的一座山峰斯加丹利斯的影子正好是落在那个陷口上(无疑是在正午的时候)。还能有任何东西更准确和有帮助的吗?这样,到了斯奈弗山顶以后,我们就不用犹豫该走哪一条路了。"

叔父显然对一切都能解答。我明白要在这张老羊皮纸上所写的字句上去难倒他是不可能的。所以我不再在这方面追问他了。不过还是必须说服他,所以我就转到一些科学性的问题上去,我认为这些问题要比刚才谈的更为重要。

"好吧,"我说,"我不得不同意你说的。萨克奴姗写的这句话是清楚的,没有任何可疑的地方。我甚至可以承认这个文件看来是完全真实可靠的。这位学者确实到斯奈弗山上去过;他的确看见过斯加丹利斯的影子在6月底的时候所投射到的火山口;他也真的从当时的神怪故事中听说过通向地球中心的陷口;至于下去以后又能生还,这是不可能的,绝对不可能!"

"为什么不可能?"叔父带着轻微的嘲笑口吻问道。

"因为根据一切的科学理论,都能证明这种事是不可能的!"

"哦,科学理论能证明这一点吗?糟糕而陈腐的理论,多么讨厌啊!"

我发现他在揶揄我,可是我继续说道:

"是的,大家都知道,从地球表面每往下七十英尺,气温就上升一摄氏度,如果这一说法仍然正确,地球的半径有四千英里,那么地球中心的气温就是大约二十万度。那里的一切都像白热化的气体,连金子、白金和最硬的岩石都不能抵抗这种高温。你想怎么可能到那里去呢?"

"那么只是气温使你有所顾虑吗？"

"当然，我们只要下去三十英里就到了地壳的底层了。因为那里的温度已超过一千三百度了。"

"你是不是怕被熔化了？"

"我让你去决定这个问题好了。"我发着脾气回答。

"这就是我所决定的。"教授带着优越的神情说，"你和任何人都不知道地球内部的情况，因为我们只穿过了地球半径的千分之十二的部分。可是我们知道，科学理论是不断地在改变和改善的。在傅立叶[①]之前，人们不是一直相信星球之间空间的温度是在不断地降低的吗？而今天我们却已经知道宇宙间最冷地区的温度没有超过零下四十度或五十度。所以地球内部的热度为什么不也是这样的呢？它也可能在一定的深度达到一个极限而不再升高，不会达到最难熔解的矿物的熔点。"

叔父既然把问题放到假想的领域去了，我就没有什么话好回答了。

"我要告诉你，有一些学者，包括波瓦松[②]在内，已经证明如果地球内部存在着二十万度高的热度，从熔解的物质所产生的白热气体就会具有一股地壳所不能抵御的弹力，地壳就会像汽锅的外壳那样由于蒸汽的作用而爆炸。"

"这只是波瓦松的看法罢了，叔叔。"

"不错，但是别的著名的地质学家也认为地球内部既不是气

---

① 傅立叶（J.B.J.Fourier, 1768—1830）：法国数学家。
② 波瓦松（Poisson, 1781—1840）：法国数学家。

体也不是水,更不是我们所知道的重石块,因为如果是这样的话,地球就要比现在轻两倍。"

"啊!利用数字什么都可以随心所欲地加以证明的!"

"但是从事实来看,不也是这样的吗,孩子?火山的数目不是一直在减少吗?我们为什么不能由此得出结论,说地球内部如果有热,它也在不断地降低?"

"叔叔,要是你净谈一些假设,我就不再跟你讨论下去了。"

"但是我必须告诉你,有一些非常博学的人的看法和我的看法是一致的,你还记得1825年英国著名的化学家亨夫莱·达威对我所作的那次访问吗?"

"一点儿都记不得,因为那是在我出生以前十九年的事情。"

"亨夫莱·达威是在路过汉堡的时候来看我的。我们谈了很久,也谈到了地球内部是液体的这个假定。我们两个都认为这种液体是不可能存在的。我们所依据的理由,在科学上还没有什么论证可以驳倒它。"

"什么理由?"我有点儿惊奇地问。

"就是这种液体一定会像海洋一样受月球的吸引,因此地球内部每天就会产生两次潮汐。地球受潮汐掀动,就会引起周期性的地震!"

"然而地球表面发生过燃烧是很明显的事,后来地壳外层先冷却,而内部还包含着热。"

"这是错误的,"叔父回答,"那正是由于氧化而变热的地球表面。这层地壳大部分是由某些金属如钠和钾所组成,钠和钾一遇到空气和水就能起火,因此每逢下雨的时候就起火了,而且当水穿过地壳的裂缝的时候,地球表面就进一步氧化,造成爆炸和火山爆发。这就是地球形成初期有无数火山的原因。"

"多么聪明的假设!"我有点儿情不自禁地喊道。

"这是亨夫莱·达威提出来的,他用一个很简单的实验证明了这个说法。他做了一个金属球,并且让水珠落在球面上的一点。这一部分立刻膨胀,形成一座小山,火山爆发也随即发生了,整个球变得很热,热得不能用手拿了。"

我开始被教授的辩论所动摇,由于他一贯的精力和热情,他的论证显得格外动人。

"你看,阿克赛,"叔父接着说,"地质学家们对于地心的状态有着种种不同的假设,关于地心热的这个说法还没有得到什么证明。据我看来,它是不存在的,它也不可能存在,这我们以后会知道的,我们会跟阿恩·萨克奴姗一样搞清楚这个问题的。"

"对!我们会搞清楚,会亲眼看到的——如果到了那里能看得见东西的话。"我回答道。我也有点儿跟他一样地兴奋起来了。

"为什么不能?那里可能会有电的现象,那么就会有光,会照亮我们,甚至在接近地心的时候还可以借助大气压力的作用,它也能发光。"

"不错,对!"我说,"这是有可能的。"

"当然可能!"叔父胜利地总结道,"可是不许声张,对于每一点都不许声张,别让任何人比我们先到达地心!"

第七章

准备

　　这次难忘的谈话就这样结束了,我一直很激动。我仿佛做了一场噩梦似的离开了叔父的书房,由于汉堡的马路上空气不够新鲜,我就转向易北河畔走去。

　　我是不是相信刚才所听到的一切?我被黎登布洛克教授说服了吗?他要到地心去的这个决定是真的吗?我刚才听到的那番话是一个疯子的胡言乱语呢,还是一个伟大的天才的科学推断?这一番话,哪些是可靠的?哪些是错误的?

　　我徘徊在千百个对立的假设中,始终得不出结论来。

　　然而我记得我已经被说服了,虽然现在我的热情正在减退,我可真愿意马上就能动身,这样可以使我没有时间再考虑。是的,我应该在当时就有勇气打好我的行李。

　　但是一小时以后,我已经变得不再激动了,我好像从地球的深处上升到表面上来了。

　　"这简直荒唐!"我喊道,"这毫无意义。多么可笑的计划!不对——我一定是做了一场噩梦。"

　　当时,我沿着河岸前进,这时我已经离开了城镇,后来我又心血来潮地走在通向阿尔童纳的路上,不久我的神志就清醒过来了,因为我看到我的小格劳班正在精神抖擞地向汉堡走去。

　　"格劳班!"我一见到她就喊道。

　　这女孩子停了下来,显然由于在马路上听到有人喊她的名字

我沿着易北河岸前进。

而感到有些诧异。

我走了十来步,就已站在她的身旁。

"阿克赛!"她惊奇地叫道,"哦!你是来看我的,我知道。"但是她显然发现我的表情有些特别——不安和焦急。

"怎么了?"她抓住了我的手问道。

我只说了几句话,就足够使她明白所有的事情。她静默了几分钟,不管她的心是不是像我的心一样地跳动,但是她被我握着的手却并没有颤抖。我们差不多一同走了一百步路,然后她说:

"阿克赛!"

"嗳,亲爱的格劳班。"

"这一定是一次伟大的旅行。"

听了这几个字,我不禁大为惊奇。

"是的,阿克赛,你不要辜负'科学家的侄子'这个称号。一个人用大事来使自己出众是件好事。"

"什么,格劳班,难道你不阻止我参加这次远征吗?"

"不,亲爱的阿克赛,如果一个女孩子不会给你们带来麻烦,我愿意同你们一齐走。"

"你说的是真话?"

"是真话。"

哦,女孩子的心是多么不可理解啊!如果她们不是最胆怯的人,那么她们就是最有勇气的人!这个女孩子正在鼓励我参加这次疯狂的远征,而且还毫不惧怕地自己也要冒一次险。虽然她正在怂恿我去做这件事——但是她确实是爱我的。

我仓皇失措,同时我也不得不承认我很惭愧。

"好吧，格劳班，"我答道，"我们倒要看看你明天是不是也这样说。"

"明天，亲爱的阿克赛，我的话将完全和今天的一样。"

我们手挽着手继续走着，谁都不说一句话。当天所发生的一切使我处于十分激动的状态中。我自己想着："反正7月份还早着呢，为了这一次的地下远征，叔父还得治疗他的躁狂，在这段时间内还会发生许多事呢！"

我们到达科尼斯街时，已是夜晚，我料想叔父已上了床，玛尔塔刚清理好餐室。

但是我把叔父的急躁脾气估计得太低了。我看见他四处忙乱，向那些在门口卸货的工人发号施令。老仆人忙得团团转，简直不知道如何是好。

"来，阿克赛，"他一看见我就喊道，"快，你的行李袋还没有整理，我的身份证还没有安排好，我行李袋的钥匙找不到了，我的橡皮靴还没有送去呢！"

我大吃一惊，话也说不清楚了："我们现在就走吗？"

"当然啰，你这个傻小子，你现在先出去散散步，别待在我的身边！"

"我们这就走？"我无力地重复着。

"是的，首先你要知道是后天走。"

我不能再听下去了，我逃进了我的小房间。这件事是无疑的了！叔父整个下午都在收拾这次远征所需要的东西，石子路上堆满了绳梯、火炬、长颈瓶、铁镐、尖端包铁的棍子等，够十个人搬的！

第七章 准备　043

"我们现在就走吗?"

我熬过了一个可怕的夜晚。翌晨很早我就被叫醒了。我已经决定不开门,然而我如何能抵制得了那温柔的叫声:"亲爱的阿克赛!"

我出来了,希望我那由于失眠而造成的苍白的脸色和红红的眼睛能改变格劳班的主意。

"啊,亲爱的阿克赛,"她说道,"我知道你现在好些了,昨天一夜已经使你镇静下来。"

"镇静?!"我自言自语道。我蓦地跑到镜子面前。唉,我的确不像我想象中那样有病似的。我简直不敢相信。

"阿克赛,"格劳班说道,"我已经和我的监护人详细地谈过。他是个伟大的人物,浑身是胆,你也是这样。他已经把他的计划和希望、他为什么希望达到他的目的以及他希望如何去达到他的目的都告诉了我。我肯定他能成功的。哦,亲爱的阿克赛,一个人致力于科学该多好啊!黎登布洛克先生和他的同伴将得到多么大的荣誉啊!当你回来的时候,阿克赛,你将和他不相上下,你可以自由地说、自由地做、自由地……"

她忽然不说下去,小脸唰地涨得通红。她的话使我振作起来。可是我还有些踌躇。我把她拖到教授的书房里。

"叔叔,"我说道,"我们真的快去了吗?"

"当然啰,怎么了?"

"嗯,我不过想知道我们为什么要这样着急。"

"是时间啊!时间像飞一样过去!"

"今天才5月26日,我们得等到6月底……"

"你难道这么傻,连我们从这儿到冰岛还需要一段时间都不知道吗?如果刚才你没有像个傻子似的走了出去,我本来要带你到利芬德公司的办公室去的,那是唯一办理从哥本哈根到雷克雅未克航程的一家轮船公司。"

"那又怎么样呢,叔叔?"

"唉,如果我们一直等到6月22日,我们就太晚了,也看不到射在斯奈弗陷口上的斯加丹利斯的影子了,所以我们应该尽快地到达哥本哈根,看看我们究竟能看到些什么。快去打点你的行李!"

还有什么话好说呢?我由格劳班陪同着回到我的房间。就是她把我旅行必用的衣服什物装在一只小衣箱里。她这次的激动并不比我如果到吕贝克①或赫尔戈兰②去来得厉害些,她的两只小手不慌不忙地执行着它们的任务,同时她又镇静而充满希望地和我谈话。她迷住了我,可是又使我发怒。有时候我忍不住想发脾气,但是她只装不看见,继续安静地收拾着。

最后一条皮带也终于系上了,于是我下了楼梯。

就在这整整一天中,送随身用品、武器、电具的人都到了。可怜的玛尔塔忙得头也昏了。

"主人是不是发疯了?"她问我。

我点点头。

"他是不是要带你一块儿去?"

---

① 吕贝克(Lubeck):德国北部小城市。
② 赫尔戈兰(Helgoland):北海里的一个岛,面积不到一百五十英亩。两地都是寻常的去处。

我重复了刚才的表示。

"你们要上哪儿去?"

我指指地心。

"上地窖里去?"

"还要下去,到更深的地方。"我说道,最后我实在憋不住了。

夜晚来得意外地早。

"明天早晨,"叔父说,"我们六点整出发。"

十点钟,我像块木头似的倒在床上。然而到了深夜,我又害怕起来。我梦见许多深渊。我简直神志昏迷了。我感觉到似乎被教授的粗手拖到洼洞和流沙里面。我从无限高的峭壁上面很快地跌了下来。我仿佛漫无止境地一直在往下掉。

清晨五点,我醒了过来,真是又疲乏又激动。我下楼走进餐室,见到叔父已在桌旁狼吞虎咽。这种情景使我厌恶,可是格劳班也在那里。我一言不发,也吃不下。

五点半钟的时候,外面传来车轮转动的声音。一辆大马车已经停在门口,要把我们运到阿尔童纳车站。一会儿,马车里就堆满了叔父的行李。

"你的行李呢?"他问我。

"准备好了。"我结结巴巴地说。

"快把你的行李搬下来,否则你会使我们坐不到火车的!"

看来是不可能改变我的命运了。我上楼到我的房里去,把我的旅行袋从楼梯上滑下来,我在后面跟着。

叔父正郑重其事地把房屋的管理权委托给格劳班。这个美丽

玛尔塔和格劳班站在门口和我们告别。

的亲人和从前一样地镇静,可是当她那两片甜蜜的嘴唇碰到我的腮帮子时,她也忍不住掉下眼泪。

"格劳班!"我喊道。

"去吧,亲爱的阿克赛,"她说道,"你现在离开你的未婚妻,可是当你回来时,你就可以见到你的妻子了。"

我用双臂和她紧紧地搂抱了一会儿,然后在马车里坐下。玛尔塔和她站在门口挥动着手和我们作最后的告别,接着两匹马立刻向阿尔童纳驰去。

第八章

出发

阿尔童纳实际上是汉堡的近郊,也是那条可以把我们带到由北海通到波罗的海的大小海峡岸边的基尔[①]线的铁路终点站。不到二十分钟,我们已经到达荷尔斯泰因[②]地界了。

六点半我们到达车站。叔父那又多又重的行李被卸下来、搬进去过磅贴标签,最后放在行李车里。七点钟我们面对面坐在火车的一节车厢里。汽笛一响,火车开动了。我们的旅程开始了。

我有没有推辞不去?还没有。早晨新鲜的空气和车外少见的景色分散了我的思想。

---

① 基尔(Kiel):在德国北部,波罗的海重要港口之一。
② 荷尔斯泰因(Holstein):在德国北部。

叔父的思想显然跑在火车的前面,这和他的急躁相比,已经是慢得多了。车中只有我们两人,可是我们谁也不说话。叔父一直在特别仔细地检查他的钱包和旅行袋。我发现他似乎已经想到为了实行他的计划所可能需要的每件东西。

在其他的东西中间,有一张折叠得很仔细的纸,纸上有丹麦的国徽以及教授的一位朋友——丹麦驻汉堡领事克里斯丹孙先生的签字。这张纸可以使我们在哥本哈根拜见冰岛的统治者。

我也看到了被他小心翼翼地藏在他的钱包最里层的那张有名的文件。我暗自咒骂着这张文件,然后又注视着车外的景色——一大片接连着的、令人感到单调乏味但又很肥沃的平原。这一大片平原对于那些笔直的火车路线却是有利的,它们也使铁路公司的人们打心眼儿里感到高兴。

可是我还没有那么多时间可以让这些单调的景色使我的眼睛感到疲倦,因为出发以后三小时之内,火车就在基尔——海的尽端——停下了。

我们的行李一直登记到哥本哈根,所以我们省去很多麻烦。叔父还是焦急地注视着行李被运到船上。全部行李又都被送进了船舱。

由于叔父做事敏捷,我们有了一整天空闲时间——我们的汽船——爱尔诺拉——要到晚上才开。我们又熬过了令人着急发狂的九小时,这位性急的旅客破口大骂铁路和汽船的管理方法,也诅咒了造成这些弊端的政府。当他和爱尔诺拉的船长谈话,并且催促他立刻开船的时候,他也希望我支持他——可是这位船长认为他自己的事别人管不着。

我们只好在基尔糊里糊涂过了一天。我们在这个小城市的港湾口岸上游荡,还在森林中间穿来穿去。这些森林使得这个小城市看起来就像嫩枝丛中的鸟窝。我们瞻仰了各有一个小澡房的别墅,一直迈着沉重的步伐向前走,并且埋怨着,终于熬到了晚上十点钟。

爱尔诺拉的烟囱里现在升起了几道烟,锅炉里的响声震撼着甲板。我们站在船舷上,并且在唯一的船舱里占了两个卧铺。

十点一刻,船上的绳索都解开了,汽船横过大海峡的黑水向前迅速驰去。

夜色沉沉,风顺而浪高,岸边有几处灯光穿透了黑夜。一会儿,一座灯塔把汹涌的浪涛照耀得光彩炫目,这就是我第一次渡海所能回忆起来的情景。

早晨七点钟,我们在谢兰岛①西部一个小镇考色尔上岸。我们又在那里登上了另外一列火车,三小时内到达哥本哈根。叔父彻夜未眠。在他性急的时候,恨不得用脚推着火车前进。

最后他看到了一片汪洋。

"波罗的海海峡!"他嚷着。

我们左边有一座大楼,一位旅伴说那是疯人医院。

"好,"我心想,"我们一定得在这所房子里度过我们的晚年了!这所医院尽管这么大,却还装不下黎登布洛克教授那些疯狂的念头!"

早晨十点钟我们终于在哥本哈根下车,我们带着行李到了布

---

① 谢兰岛(Zealand):丹麦东部群岛。

莱德加脱的凤凰旅馆。叔父匆匆忙忙地上完厕所就带我出去。旅馆的传达员能说德语和英语,可是这位能说好几国语言的教授却用流利的丹麦话提问题,最终他知道了北方古物博物馆的位置。

博物馆馆长汤孙先生是个很有学问的人,也是那位驻汉堡领事的朋友。叔父有一封热情的介绍信给他。一般来说,学者对待学者总是相当冷淡的,这次却完全不是这样。汤孙先生是位非常热心的人,他十分客气而诚恳地接待了黎登布洛克教授,也接待了他的侄子。我简直用不着说我们要保守秘密,也用不着说我们仅仅是对冰岛奇观感兴趣的旅客。

汤孙先生顺从我们的意愿,带我们到码头上去找开往冰岛的商船。我还存着一线希望,但愿无船,可是令人失望的是正好有一条丹麦小帆船伏尔卡利将于6月2日驶往雷克雅未克。船长布加恩在船上,他看到这位未来的船客一高兴就使劲摩擦双手时,可能会感到有些奇怪。然而,他利用我们的着急,要我们付双倍的船费——这件事丝毫没有影响我的叔父。

"星期二早晨七点钟上船。"船长一面说,一面收好这笔相当数目的钱。

我们谢过汤孙先生的照顾,又回到了凤凰旅馆。

"一切都很顺利!很顺利!"叔父重复说道,"找到这么一条就要开的船是多么幸运啊!我们现在先去吃午饭,饭后再到镇上去看看。"

我们步行到孔根斯尼妥辅,这是一块空地,停放着两门谁也不怕的无用的大炮。我们在这里找到了一家法国餐厅,每人花两先令吃了一顿既不贵也不便宜的午饭。我年轻,兴致高,在这个小镇里逛了一圈。叔父叫我带着他,可是他什么也不看——既不浏览那没有意思的宫殿;又不欣赏博物馆对面那横跨运河的美丽的十七世纪大桥;也不瞻仰一下巨大的托尔发孙①纪念馆——馆内陈列着托尔发孙的几个雕像,可是馆外挂满了讨厌的图画;他更不到精致的公园里去看厚纸做成的卢森堡城堡;还有那文艺复兴式的建筑——汇兑银行,那儿的钟楼是由四条铜龙的尾巴交错而成,城墙上风车的翅膀像帆船上涨满着海风的风帆——这一切他都无心观赏。

如果和格劳班一起在这里游玩该多好啊!可是,唉!她太远了,我还有希望再见到她吗?

叔父虽然不注意这些令人喜爱的景色,他却被哥本哈根西南角阿马克岛上的一所教堂的尖顶吸引住了。

我接到命令,向这个方向进发。我们登上了一艘在运河中行驶的小汽船,不久就到达了造船所的码头。罪犯们穿着灰色和黄色的条子衣服在马路上被监督着做工。我们穿过这几条狭窄的马路以后,到达了辅发莱沙科克。这教堂除了它外面那绕着尖顶蜿蜒而上的楼梯(唯有这楼梯吸引住叔父),没有什么稀罕的。

"我们上去。"叔父说。

"会头晕的!"我答道。

"这么多理由。"

"可是——"

"不管它,孩子,别浪费时间。"

---

① 托尔发孙(Thorwaldsen,1770—1844):丹麦雕刻家。

我不得不服从。坐在马路中间的管理人把钥匙交给了我们,于是我们就开始登楼了。

叔父精神抖擞地首先迈上了一步。我害怕地跟随着他,我非常容易头晕。然而,当我们在里面登上楼梯时,一切都很顺利,一直走上一百五十级以后,就有风迎面吹来——我们已经到达了通往尖顶的平台。这时候我们开始要登外面的楼梯了,楼梯只安有细细的铁栏杆作为防护,台阶越高越窄,似乎可以伸到无限高的空间。

"我也许不行了!"我喊道。

"要我说你是胆小鬼吗?上去!"毫无怜悯之心的教授说。

我不得不紧挨着栏杆上去。风吹得我昏昏沉沉。我感到尖顶在空中摇摆,我的腿受不了了,我发现自己在用膝盖往上爬,后来干脆就匍匐而上了!这无边无际的高空,实在可怕,我闭上了眼睛,真受罪啊!

最后,叔父的手抓住了我的领口,我到达了位于顶端的圆球。

"喂,"他说,"往下看!你应该学学往下看深陷的地方!"

我不得不睁开眼睛。我看到下面的房子在烟囱的浓烟中间,仿佛由于倒坍而都摊开了。我的头顶上是一朵朵飘浮着的白云,由于错觉,这些白云似乎都不在飘动,而尖顶、圆球和我都以了不起的速度被带动着前进。远处的一边是翠绿的田野,另一边是在日光下闪闪发光的海面。波罗的海海峡一直伸展到厄尔息诺尔,数点白帆犹如海鸥的翅膀。在烟雾腾腾的东面,瑞典的港湾刚巧能分辨出来。

叔父叫我站直了,向四周眺望。我第一次学着控制头晕,只

"往下看!你应该学学往下看深陷的地方!"

能延续一小时。最后当我被准许下来,两脚踩在大街上坚实的人行道上时,我简直不能直起腰来走路。

"我们明天再来。"教授说。

事实上,这种令人头晕的练习我重复了五天之久,我自己也想不到,对于这种"居高临下"的艺术,我居然取得了决定性的进步。

第九章

在冰岛

我们离开的日子到了。前一天,和善的汤孙先生把致冰岛总督特朗勃伯爵、大主教的助手匹克吐孙先生和雷克雅未克市长芬孙先生的热情的介绍信带来给我们。为了表示谢意,叔父至诚地和他握手。

6月2日早晨六点钟,我们宝贵的行李被装入伏尔卡利的船舱,船长把我们带到略微显得狭窄的尾部。

"是不是顺风?"叔父问道。

"风向不能再好了,"船长布加恩回答,"刮东南风。我们将张起全部风帆离开波罗的海海峡。"

几分钟以后,我们果然扬帆起航,一小时之内我们就穿过了厄尔息诺尔港口。我神经质地期望在那块著名的平台上见到《哈姆雷特》(莎士比亚的剧作)中出现的鬼魂。

"崇高的狂人!"我说,"你无疑会赞同我们!你或许会跟随我们，在地心找到解决你那永恒的问题的答案！"

然而在那古老的墙垣上，什么也没有出现。那古堡也比英勇的丹麦王子要年轻得多。它现在是这个每年有一万五千条各国船只经过的海峡的管理人的豪华寓所。克朗葛保古堡很快地消失在浓雾中了，矗立在瑞典岸上的海尔新堡塔也消失了。在卡特加特①的微风的吹拂下，我们的帆船稍稍有点儿倾侧。

伏尔卡利是一条很好的帆船，但是坐在帆船里任何人都不能肯定会遭遇些什么。这条船把煤、日用品、陶器、羊毛衣和小麦带到雷克雅未克去。全船人员都是丹麦人，一共只有五人。

"要多久才能到达？"叔父问船长。

"十来天，如果在穿过弗罗埃②时不遇到太多风暴的话。"船长回答说。

"即使遇到也不至于耽搁很多天吧？"

"不会的，黎登布洛克先生，你放心好了，我们一定会到那儿的。"

傍晚时刻，帆船围绕着丹麦北端的斯卡根海角航行，晚上穿过了斯卡格拉克，接近了挪威南端名叫那池的海角，并且到达了北海。

两天以后，我们在苏格兰港湾见到了彼得黑德，然后我们从奥克尼和舍得兰群岛中间驰过，并向费罗群岛进发。到了费罗群岛以后，我们又一直驰向冰岛南岸的波得兰岬角。

---

① 卡特加特（Cattègat）：丹麦和瑞典间的海峡。
② 弗罗埃（Feroë）：丹麦的岛屿，气候恶劣，多雾和大风。

不一会儿,我们的船就受到大西洋海浪的冲击了。它逆着北风,困难地到达费罗群岛。3日那天,看见了这个群岛最东面的岛屿——米刚奈斯岛。这以后,船就一直驰向位于冰岛南岸的波得兰海峡。

全段航程中没有发生意外。我没有晕船,可是叔父却完全被晕船所折磨,这使他感到很大的烦恼和更大的惭愧。

因此,他无法向船长询问有关斯奈弗、交通工具和旅行上种种方便的问题,这一切只能等上岸时再问了。他一直躺在船舱中,船的颠簸把船舱的板壁震得咯吱咯吱直响。我认为他活该受罪。

11日,我们驰过了波得兰海角,并且见到了高出波得兰海角的米杜斯·姚可。这里的海峡只是一座低矮的小山,岸很陡,孤零零地突出在海滩上。伏尔卡利从距离港湾还有相当一段间隔的地方,在大量鲸鱼和鲨鱼之间继续向西航行。不久,我们见到一块仿佛凿穿了的大岩石,汹涌的浪涛在裂缝中穿过去。西萌小岛看来似乎是浮在清澄的海面上一般。我们的帆船从这里围绕着形成西萌小岛西南角的雷克牙恩斯海角航行。海浪很大,它使得叔父无法到甲板上去欣赏那在西南风吹拂下的锯齿形的海岸。

四十八小时以后,一阵暴风雨迫使我们收下所有的帆。暴风雨平静了以后,我们在危险的斯卡根见到了浮标。斯卡根的危崖长长地延伸在海中。一位冰岛的领港员登上了我们的船,三小时以后,伏尔卡利在雷克雅未克以外的法克萨港口抛锚。

教授终于走出了船舱,他脸色有点儿苍白,有点儿憔悴,但仍旧很兴奋,两眼现出满意的神色。

镇上的人们都聚集在码头上，对一条给他们每一个人带来一些东西的帆船，感到很大的兴趣。

叔父赶紧离开这个浮在水面上的监狱，可是在他离开以前，他向北指给我看一座双峰高山，其中一个重叠的尖峰上盖满了积雪。"斯奈弗！"他喊道，"斯奈弗！"

这时候，叔父做了一个手势，叫我保持绝对安静，然后他爬进一只小艇，让小艇把我们带到了冰岛海岸。统治者特朗勃先生立刻出现，叔父把来自哥本哈根的介绍信交给他，接着他们就以丹麦语作了一次简短的谈话。我有足够的理由不参加这次谈话。结果这位统治者完全满足了黎登布洛克教授的要求。

叔父受到了市长芬孙先生的热情接待。市长不仅和统治者一样穿着军装，性情也同样十分温和。大主教的助手匹克吐孙先生正在冰岛的草原上旅行，我们暂时不能见到他。但是我们遇到了一位十分讨人喜欢和最有帮助的弗立特利克孙先生，他在雷克雅未克学校里教自然科学。他只能说冰岛语和拉丁语，他和我以拉丁语交流得很好，并且成了我在冰岛逗留期间唯一能交谈的人。

这位善良的人把我们安顿在他家的三间房子中的两间里面。我们立刻把行李搬进去，在那里住下来。我们的行李之多，引起了当地居民的惊讶。叔父对我说："现在最困难的事情也解决了！"

"最困难的事情？"我说道。

"当然，"他回答，"我们一到了那地方，就得下去！"

"可是怎么上来呢？"

"哦！别管那些。来吧，别浪费时间。我要到图书馆去，那

雷克雅未克

里可能有萨克奴姗的手稿。如果真能找到一些手稿,我还得仔细查考一下。"

"啊!对这个我不大感兴趣。在这块土地上,有趣的东西不是在地底下,而是在地面上。"

我走了出去,无目的地走着。

雷克雅未克一共只有两条街,不至于迷路,所以我就不必指手画脚地问路而惹来很多麻烦了。

这个长方形的市镇躺在两座小山之间,地势相当低,土地潮湿。小镇的一边覆盖着一大片火山喷石,缓缓地伸入海去。小镇的另一头就是宽阔的法克萨海湾,北面是巨大的斯奈弗冰山,海湾中现在只停泊着伏尔卡利。平时英国和法国的渔业巡逻船都停在那里,但是现在它们正在东部岛岸巡逻。雷克雅未克仅有的两条马路中比较长的那条是和海岸平行的,两边净是商人和店员住的、用横叠起来的红木柱头造成的房子。另一条马路比较偏西,通向小湖,每边都住着主教和非商人家。

我迈着大步在那荒凉寂静的路上走着。不时看见一块好像旧地毯似的发黄的草坪或者一个果园。园中的那一点点蔬菜、土豆和莴苣只能做一些简单的饭菜,园中还有几株瘦瘦的丁香也在生长。

靠近那条没有店铺的街,有一个用土墙围起来的公墓,它的面积倒不小。再过去几步,就到了总督的住所,它跟汉堡的市政大厦比起来只是一幢破屋而已,但在冰岛居民的茅屋相映之下,却如一座宫殿。

在小湖和市镇之间矗立着一座礼拜堂,是基督教堂的格式,它是用火山爆发后开采出来的石灰石建成的。屋顶铺着红瓦,一旦遇到巨大的西风,必然会被刮得向四处飞散,使教徒们遭受巨大损失。

在礼拜堂旁边一块隆起的高地上,我看见了国立学校。后来我从我们的房东那里知道,这所学校里有希伯来文、英文、法文和丹麦文四种语言课。惭愧得很,对于这几种语言,我连一个字母都不知道。和这所小小的学校里的四十个学生比起来,我算是成绩最坏的学生。我也不配和他们一起睡在那些像衣柜似的双人床上——在这种床上,娇气些的人睡一夜就会闷死的。

不到三个小时,我把这座小镇连它的四周围全都参观完了。整个小镇显得异乎寻常地惨淡。没有树木,也没有花草。到处是尖耸的火山岩。当地居民的茅屋是用土和草盖起来的,墙在中间倾斜,好像是些直接放在地上的屋顶。不过这些屋顶却像一片田野,由于里面住着人,比较暖和,所以草在这里长得比在寒冷的土地上要繁茂得多。每到割草期,人们就小心地把草割下来,要不然家畜就必然会把这些绿色的屋顶当作牧场了。

我回来的时候,看见大部分人都在晒、腌和包装他们主要的出口货——鳖鱼。这些人看起来很结实但很笨拙,头发比德国人的还黄,神色忧郁,仿佛他们觉得自己和人类几乎没有接触似的。他们偶尔大笑一下,可是我从来没有看见任何一个人微笑过。

他们的服饰包括一件用大家都称为"瓦特墨尔"的粗糙的黑羊毛织成的卫生衫、一顶阔边帽子、红条子裤子和盖着脚的一块折叠起来的皮。

大部分人都在晒、腌和包装他们主要的出口货——鳘鱼。

女人们的脸都显得忧愁而消沉,可是很随和,也没有面部表情,她们穿着紧身胸衣和用暗色的"瓦特墨尔"做的裙子。女孩子们都梳着辫子,头上戴着棕色羊毛织成的帽子。出嫁了的女子都用彩色的头巾包着头,头巾上面还有一块亚麻布。

散步回来,我看见叔父和我们的房东在一起。

第十章

冰岛的一次晚餐

晚饭准备好了,叔父由于在船上被迫吃素,这次他饱餐了一顿。这顿算是丹麦式而不是冰岛式的饭,并不怎么出色,可是我们这位是冰岛而不是丹麦的房东却使我想起古老的好客的故事来了。显然我们已经比房东更显得没有拘束了。

谈话是用冰岛语进行的,叔父夹进几个德语,弗立特利克孙则夹进几个拉丁语,好让我也能听得懂。谈话以科学为话题,可是谈到我们自己的计划时,叔父就完全保留了。

弗立特利克孙先生立刻就问起叔父在图书馆里研究工作的结果。

"你们的图书馆啊!"叔父喊道,"那些差不多空空的书架子上只有几本古怪的书!"

"哦,"房东答道,"我们有八千卷书,其中有许多是贵重而稀罕的书。"

"我不知道您能用什么来证明您这句话,"叔父说道,"据我估计——"

"哦,黎登布洛克先生,它们大都被借走了,我们古老的冰岛人都爱看书,农民和渔夫都是看了再看。所以这些书不是老放在门后面,而是由一个人传给另一个人看,他们看了再看,经常是一两年以后才回到书架上。"

"同时,"叔父有些恼怒地说,"一些外地人——"

"首先,外地人都有他们自己的图书馆,最重要的是我们的农民也要受教育。我再说一遍:对学习的爱好是渗透在冰岛人的血液中的。所以在1816年,我们成立了一个文学协会,它发展得很好,也有外国学者参加。协会也出版书籍,都是些能教育我们的同胞和真正为我们国家服务的书。如果您也加入,黎登布洛克先生,我们将感到很荣幸。"

叔父已经至少是一百个科学协会的会员了,这次他还是欣然加入,这感动了弗立特利克孙先生。

"那么,"他说,"告诉我您要找什么书,我可以帮助您找。"

我瞧着叔父。他犹豫着没有回答,因为这直接涉及他的计划。但是经过考虑后,他还是回答了:"您那些古书里面,有没有阿恩·萨克奴姗的著作?"

"您指的是那位十六世纪的人,他是一位伟大的博物学家、炼金术士和旅行家?"

"对。"

"冰岛文学和科学的光荣之一?一位著名人士?"

"正如您所说的那样。"

"他的勇气能和他的天才相比?"

"是的,我觉得您很熟悉他。"

叔父又说道:"您有他的作品吗?"这时候他的眼睛炯炯有光。

"不,没有。"

"冰岛没有?"

"冰岛或别的地方都没有。"

"为什么呢?"

"因为阿恩·萨克奴姗当时被当作异教徒处死刑了,他的作品都在哥本哈根被绞刑吏烧光了。"

"好——太好了!"叔父喊道,把这位冰岛的教授吓了一跳。

"请再说一遍?"这位冰岛教授说道。

"对,这说明了一切。我现在知道萨克奴姗为什么被排斥并且被迫隐瞒了他的发现,还不得不把他的秘密藏在密码里面——"

"什么秘密?"弗立特利克孙先生有兴趣地问道。

"一个秘密……它……"叔父吞吞吐吐地说。

"您是不是有些什么特别的文件?"我们的房东问。

"不……我说的完全是一种假定。"

"我明白了,"弗立特利克孙先生说,他太客气了,所以不敢坚持,"我希望,"他又加上一句,"您能去调查一下我们岛上的一些矿藏。"

"当然,"叔父答道,"但是我来得晚了一些,这里已经有学者来过了吧?"

"是的,黎登布洛克先生,已经到这里来考察过的有奉王命而来的奥拉夫生和鲍弗尔生两位先生,有特罗伊尔先生,有坐法国搜索号军舰①来的盖马尔和罗勃特先生的科学调查团,最近还有坐奥当斯皇后号军舰来的一些学者。他们对冰岛的历史地理作了不少贡献,不过,请相信我,这里还有考察工作可做。"

"您这样想吗?"叔父装作若无其事地问,一面竭力压住眼中的闪光。

"是的。还有人们不太知道的很多山岭、冰山和火山值得考察。不用说远的,您就看突出在那边的那座山吧,那是斯奈弗山。"

"啊,斯奈弗。"叔父说。

"不错,这是最奇怪的火山之一,它的火山口很少有人访问过。"

"是死火山吗?"

"哦,是的,已经有五百年了。"

"那么,"叔父说,他把腿交叉起来,竭力使自己不跳起来,"我想我应该到赛弗——哦,斯奈弗——究竟是什么——去进行地质研究?"

"斯奈弗。"好心的弗立特利克孙先生重复道。

这一段对话是用拉丁语进行的,所以我能听懂。当我看到叔

---

① 搜索号军舰:1835年法国杜贝莱海军大将为了寻访一支失踪的远征军而派出去的一艘军舰。关于这支由勃洛斯维勒和拉里洛阿斯率领的远征军,一直没有任何消息。——原注

父心中得意扬扬,可是表面想不露声色,而又掩饰不住的时候,我自己的面部表情简直很难控制。

"是的,"他说,"您的话使我决定登上这座山,甚至于还要研究这个陷口!"

"我很抱歉,"弗立特利克孙先生答道,"我的职务不允许我陪您去。如果能陪您去,我既感到高兴,又能获得利润。"

"哦,不,不!弗立特利克孙先生,"叔父喊道,"当然您的职务要紧,虽然您那渊博的学问对我们极有帮助。"

"我非常赞成您从这座火山着手,黎登布洛克先生。"他说,"你这番考察一定会得到很多收获,发现很多新鲜东西。不过,请您告诉我,你们打算怎样到斯奈弗半岛去呢?"

"穿过海湾,渡海过去。这是最短的一条路。"

"也许是的,不过这条路没有办法走。"

"为什么?"

"因为我们这儿一条汽船也没有。"

"真糟!"

"只有沿着海岸打陆地上过去。这条路长一点儿,不过一路上更有趣些。"

"好吧,我想法儿去找一个带路的。"

"我正好有一个可以介绍给你。"

"是靠得住的机灵人吗?"

"是的。他是半岛上的居民。是个非常熟练的猎手。您一定会满意的。他丹麦话讲得非常好。"

"那么我什么时候可以看见他呢?"

"明天,如果您同意的话。"

"为什么不是今天呢?"

"因为他要明天才能来。"

"那就明天吧。"叔父叹了一口气回答。

晚饭结束了,这位德国人对冰岛教授衷心感谢。这位德国人已经知道了许多最重要的事情——其中包括萨克奴姗的历史和文件神秘的原因。他的主人不能陪我们一同去,但明天我们将能找到一位向导。

第十一章

我们的向导——汉恩斯·布杰克

傍晚我在海滨作了一次短距离的散步,然后很早就爬上又宽又厚的铺板,呼呼入睡了。

醒来的时候,我听见叔父正在隔壁的房间里高谈阔论。我立刻起床,赶紧加入他们的谈话。

他正在用丹麦话和一位看起来身强力壮的高个子谈话。这位高个子给人的印象就是体力出众。他那单纯而聪明的眼睛陷在他那巨大的脸盘上,呈暗淡的蓝色。他那在英国会被称为红色的长发披在坚实的肩膀上。这位冰岛人举止温柔而沉着,不常用手势代替说话。他的性情看来是十分镇静的,但是并不懒惰。任何人都会理解他没有什么要求,只是做着适合自己的工作。他有一种哲学,那就是不让世界上所发生的事情来使他惊奇或忧虑。

汉恩斯·布杰克

当这个人倾听着叔父那番激烈的口若悬河的谈论时,我观察着他的这些特点。他的双臂交叉着,别人粗野地指手画脚的时候,他也是丝毫不动;如果他的意见相反,他的头从左向右悄悄地转动;假若意见相同,他的头就略微向前低下,他的长发不会因此而移动。他对动作也是精打细算,几乎已经到了吝啬的程度。

当然我从来不会想到此人是个猎手。他是绝不会吓跑鸟兽的,可是他这样又怎么能打得中呢?

当弗立特利克孙先生告诉了我如何得到棉凫绒毛以后,我对这问题才有些明白过来。棉凫是一种可爱的小鸟,初夏时经常在许多峡湾的岩石里做窝。做好窝以后,它就从前胸拔下美丽的羽毛铺在窝的里层。每逢猎人或商人来攫窝时,可怜的棉凫只好重新再做一个。这个窝一直要做到它不剩羽毛为止。如雌凫光秃秃的没有羽毛,就由雄凫来代替。雄凫的羽毛又硬又粗又不值钱,做出来的窝不会有人来攫取,所以能一直平安地屹立在岩石里。雌凫生下蛋,不久就孵出了小棉凫,第二年就能再收集到一批棉凫绒毛。

由于棉凫不去选择峻峭的岩石,而偏偏在那些伸入海面的低平的岩石里做窝,因此猎人们比较容易找到棉凫绒毛。

这位严肃、镇静而沉着的人名叫汉恩斯·布杰克,他将是我们的向导。

他的性格和叔父大不相同,可是他们相处得很好。他们双方从来没有想到条件———一方准备给什么就接受什么,另一方准备要什么就给什么,所以这项交易不久就谈妥了。

汉恩斯忙着带我们到斯奈弗半岛的南部、大山脚下的斯丹毕村庄去。他说陆地上的距离大约有二十二英里,叔父估计两天可以到达,可是后来他发现丹麦的英里比起我们的英里来,每英里要长四倍!所以我们准备跋涉七八天。

我们有四匹小马——叔父和我各一匹,两匹运行李。汉恩斯按照他的习惯步行,并且答应带我们走最短的路。

他的任务并不是仅仅把我们带到斯丹毕,他仍得继续帮助我们搞研究工作,他要每星期三块钱(约值十三先令)的酬劳,而且明言约定必须在每星期六晚上付钱。

我们决定6月16日出发,叔父想把酬劳先付给猎人,但是他一口拒绝了。

"以后。"他用丹麦话说。

"以后。"叔父翻译给我听。双方说定以后,汉恩斯就走了。

"真是个了不起的人,"叔父叫道,"可是他不知道以后还会遇到多么新奇的事呢。"

"他和我们一同到——"

"地心,阿克赛。"

离出发的时间还有四十八小时,但是使我十分遗憾的是这些时间得花在包装行李上。我们开动脑筋把每样东西都用最合适的方式装好:仪器放在这边,武器放在另一边,工具放在这个包里,书放在另一个包里。一共分成四组。

仪器包括:

1.一根量程高达一百五十度的摄氏温度计。这个温度在我看来既太高又太低。如果空气的温度升到一百五十度,我们都死亡了；假若用这根温度计去测量高热的水或者熔化的物质，这个标度还嫌不够。

2.一个压缩空气流体气压计，用以测量比海面上的大气压力更高的压力。因为我们到地底下去的时候，越下去气压就越大。平常的气压计是不够的。

3.一个日内瓦的布埃桑纳斯制造并在汉堡的经线上检验过的计时器。

4.两个罗盘，一个测量倾角，一个测量偏角。

5.一具晚上用的望远镜。

6.两支以路姆考夫线圈①制成的电灯。

武器方面有两支来复枪、两支左轮手枪和相当数量的不怕潮的火棉。为什么要带武器呢？在我看来，我们既不会遇到野人也不会遇到恶兽。但是叔父对于他的武器和仪器却似乎同样重视，尤其对于那些不怕潮的火棉更为小心，因为它的爆炸力要比普通的炸药强得多。

工具方面，有两把铁锹、两把十字镐、一把丝绳、三根铁棒、一把斧子、一把铁锤、几把扳手、一些螺钉和几根编得很长的绳索。这些东西形成一个很大的包裹，因为单单那个梯子就有三百英尺长。

最后就是干粮，干粮的包裹并不大，可是已够令人满意了。据我所知，压缩的猪肉和饼干够吃六个月。唯一的液体就

---

① 路姆考夫（Ruhmkorff）是德国著名科学家，他发明的路姆考夫线圈轻巧安全，便于携带，在地下矿洞中使用不会引发瓦斯爆炸。

是杜松子酒——没有水,可是我们有水瓶。我提醒叔父如果我们能找到水,其质量和温度恐怕有问题,但是我的忧虑完全被忽视了。

有一点我还应该补充:我们有一只旅行用的药箱,内有几把钝剪刀、护骨板、丝带、绷带、膏药、盛血器(真可怕)、几瓶糊精、纯酒精、铅醋酸盐、乙醚、醋、阿摩尼亚、各种在危险状况下用的药品以及路姆考夫线圈电灯工作时必需的化学用品。

叔父还很仔细地记住要带烟草、火药、火绒和一条系在腰间的皮带,里面有相当多的金子、银子和钞票,还有拿橡皮和柏油做的不透水的皮鞋以及一些工具。

"配备了这样的穿着和装备以后,就可以到很远的地方去了。"叔父对我这样说。

14日白天都用在打包行李上,晚上我们在统治者那里吃饭,作陪的有市长和当地的名医亚达林先生。弗立特利克孙先生没有在座,事后我获悉他跟统治者由于在一个行政问题上意见不合而互不往来了。由于他的缺席,在这次半官方的宴会上所进行的谈话,我一句也听不懂,我只看到叔父一直不停地在谈话。15日我们准备就绪,并且从我们的房东那里收到一张比我们自己的好得多的四十八万分之一的地图,叔父很喜欢这张地图。

动身前一天晚上,我和弗立特利克孙先生作了一次亲密的谈话,我对他很有好感。

晚上我没有睡好,早上五点钟就被窗前的四匹马吵醒了。我匆匆忙忙地穿上衣服,走到外面,见到汉恩斯,他刚装好我们的行李。他装行李的时候,不需要很多动作,非常熟练。六点钟一切都准备好了,我们和弗立特利克孙先生握手,叔父热烈地感谢他的殷勤招待。我尽力用拉丁语说话。我们动身的时候,弗立特利克孙先生重复着维吉尔的一句话:"命运叫我们走哪一条路,我们就走哪一条路。"

第十二章

去斯奈弗的路上

这一天多云,可是还算晴朗——旅行的好日子,用不着受热或冒雨。

骑马穿过一个不知名的乡村是很有乐趣的,也给了我一个很好的开头。我沉湎在旅行的乐趣中,充满着希望和自由。我开始这次远征了!

"此外,"我自言自语说,"我在冒怎么样的险呢?难道就是穿过一个很有趣的乡村、登上一座很突出的山,也许还可能钻入一座死火山的陷口的底层?显然这些就是萨克奴姗过去所做的。至于一条通向地球中心的甬道,简直完全是幻想!绝对不可能的!所以我尽可以好好享受这次远征,用不着忧虑。"

现在我们已经离开了雷克雅未克。汉恩斯在前面走,步伐迅速、均匀,而且不会感到疲乏。两匹运行李的小马跟随着他,再后面是叔父和我。我们骑在矮小而强壮的马背上,看起来并不显得太可笑。

冰岛是欧洲最大的岛屿之一，面积有一万四千平方英里，人口只有六万。地理学家把它分成四块，我们不得不沿着西南角斜穿过去。

汉恩斯一离开雷克雅未克，立刻选中了一条沿着海岸的路。我们骑着马在贫瘠的牧场之间驰行。要绿化这些牧场是很麻烦的——它是一片黄色。伸出在地平线以上的粗面岩小山的那些嶙峋的山顶在迷茫东去的云雾中看来是一望无际；一片雪海不时聚集了道道散光，在遥远的山腰上闪闪发亮；险峻的山顶伸入灰色的云头，然后在移动的水汽之间重新出现，仿佛天上的海里面的暗礁。

这些层层叠叠的光秃秃的岩壁一直伸进海面，插入牧场，可是中间也有足够的空隙可以通过。此外，我们的马经常出乎本能地选择最好的道路，而且不放慢步伐。叔父也从来不必喊叫或用马鞭催马快跑，这次他没有机会可以着急了。当我看到他骑在那匹小马上显得那么高大，而且两脚又碰到地面的时候，他好像是一个长着六条腿的半人半马的怪物。

"好马！好马！"他说，"你看，阿克赛，再没有一种牲畜比冰岛的马更聪明的了，大雪、风暴、无法通行的路、岩壁、冰河——没有一样可以阻止它。它勇敢、镇静而坚毅，从来不会跌跤，也不会忽然来一阵抽筋。如果有河流或峡湾横在面前必须越过，它就毫不踌躇地下水，像个两栖动物似的游泳而过。我们不必为它操心，让它去吧，我们一天准能走三十英里。"

"可以的，我敢说，"我答道，"可是我们的向导呢？"

"哦，我不为他着急。这些人简直像机器似的行走，全身不

叔父像一个六条腿的半人半马的怪物。

大动,所以他也不会感到疲乏。此外,必要时我可以把我的马借给他。如果我的四肢不运动运动,不久就要抽筋的。两条胳臂还可以,但是还得为两条腿着想着想。"

当时我们迅速前进,我们经过的乡村实际上已经没有人烟了。到处是一片与四周隔绝了的田野,几所偏僻的拿木头、泥土和熔岩盖成的农舍①,这些房子和田野就像缩在冷巷尽头的乞丐。这些破烂的茅屋给人一种印象,就好像在等待着行人的施舍,任何人都想给它们一些救济品。在这些地方,既没有大路,也没有小路,那些植物不管长得多么慢,至少担负着消灭那些稀少的旅客的踪迹的简单任务。

然而,接近首都的这一块地方,已经算是冰岛上有人烟、有耕种的地方之一。那么比这块荒地更荒凉的地方将是怎么样的呢?我们在茅屋门口还没有遇到过一位农民,或是牧放着比自己更粗野的羊群的一位牧童。只有几头牛和羊留在那里,没有人管。那些受到爆发的震动、经历过火山爆发和地震的地方将是怎么样的呢?

我们的命运注定了以后会知道这些地方的。看了奥尔逊地图,我发现这些地方由于接近海岸线而躲开了火山爆发和地震。特别在这个岛的内部,的确发生过爆发的现象。在这些地方,地平面的表层被火成岩的岩石、粗面岩层、爆发过的玄武岩、凝灰岩、全部火山的砾岩和熔岩流和熔合斑岩结成了不可思议的可怕形状。这时候,我对我们将要看到的斯奈弗半岛上

---

① 农舍(boer):冰岛乡下人住的房子。

由于变化留下的自然痕迹所形成的一片可怕混乱的奇观还毫无概念。

离开雷克雅未克两小时以后,我们就到达了叫作奥阿克夹,也就是主要教堂所在地的基弗恩小镇。这地方只有几所房子,在德国只能称为小村庄。

汉恩斯建议在这里停歇半小时。他跟我们一起吃了一顿经济的便饭,叔父问他一些路名的时候,他只回答是或者不是;问他准备在哪里过夜的时候,他只回答了两个字"加丹"。

我查阅地图,在赫瓦尔福特海岸找到了这个小村庄的名字,离雷克雅未克有十八英里。我把地图交给叔父看。

"十八英里!"他喊道,"一百英里里面的十八英里!这是个微不足道的距离!"他开始和向导谈论此事,向导并没有回答,马上带着马向前进发。

三小时以后,我们仍然在牧场苍白色的草地上旅行,我们绕着柯拉峡湾驰行,这样前进比横穿的麻烦稍微少些。不久我们进入了名叫埃米尔堡的村镇,如果说冰岛的教堂都备有钟的话,这里的教堂应该已经敲响十二点的钟声了。这教堂就像来这里做礼拜的教友一样,虽然都没有时钟,倒也过得挺不错。

我们在这里喂了马,后来到达布莱泰的"主教堂"。下午四点钟我们又抵达赫瓦尔峡谷的南面,这块地方只有半英里宽。

波浪打在陡峭的岩石上发出很响的声音,峡湾的周围都是一层层被微红色的凝灰岩隔开的高达三百英尺的岩壁。我不想骑着这四足兽穿过海湾,于是就下来了。可是叔父反而一定要骑着小马来到海边。小马叫着,不肯下水,并且摇摇头。接着叔父又骂

小马将叔父甩出来了。

又打，小马就一个劲儿乱跳，最后弯着四肢从教授的胯下逃了出来，让他站在两块岩石上，活像罗得岛上的巨像①！

"你这该死的畜牲！"原本骑在它上面的人嚷着，这时候他已经成为徒步者了。

"摆渡。"向导碰碰他的肩膀用丹麦语说。

"什么！船？"

"那儿。"汉恩斯指着一只船回答。

"是的，"我喊着，"那儿有一只船。"

"你早就该说了。好吧，我们出发！"

"Tidvatten。"向导说。

"什么意思？"我问。

"他指的是潮水。"叔父翻译着这个丹麦词语说。

"我想我们一定要等潮。"

"非等不可吗？"叔父问。

"是的。"汉恩斯回答。

叔父轻轻地用脚打着地，这时候四匹马都向着船走去。

我很懂得必须等潮到达某种状态才能渡过去，也就是说一定要等潮涨到最高的时候。当时既没涨潮也没退潮，所以我们的船既不能把我们带到峡谷的端头，也不能把我们送出海。

这个好时辰一直到晚上六点钟才到来，叔父和我、向导、两个船夫和四匹马都走进一条看来很怪的平摆渡船。由于我已经习惯于易北河上那些摆渡的汽船，我觉得我们现在的船夫所用的桨

---

① 罗得岛在爱琴海中。巨像是指阿波罗神的巨像。

实在很笨。这次摆渡超过了一小时,最后平安渡过。

半小时以后,我们到达了加丹的"主教堂"。

第十三章

近山

应该是晚上了,可是在这纬线六十五度上,我对这么长的白天不应该感到惊奇。在冰岛的六七月里,太阳从来不落下去。

可是温度已经下降,我觉得冷了,更觉得饿。当地的茅屋开着门,主人客气地接待了我们。

这是一个农民的家,可是从客气的角度上看,等于是个皇宫。我们一到,主人就和我们握手,不经过什么仪式,他就表示要我们跟着他走。

要和他并着肩走,实在是不可能的。一条长而狭窄的黑暗过道通向用粗糙的四方横梁建成的房子,这条过道可以把我们带到四间屋子的每一间——厨房、纺织间、卧房和最好的一间客房。盖这所房子的时候,没有考虑到有叔父这样的身材,所以他的脑袋不幸地在天花板的横梁上撞了三四次。

我们被带到客房,这是一间大屋子,有踏平的土做成的地板,有用摊开的不太透明的羊皮代替玻璃的窗子。床就是把干稻草堆在写有冰岛谚语的两个红漆木头架子上做成的。我并不期望极端的舒服,房间里充满了烘干的鱼、咸肉和酸牛奶的味道,我的鼻子实在受不了。

我们把旅行装备放在一边的时候,听到主人的呼唤,他请我们到厨房去,只有这间屋子在最冷的天气才有一个炉子。

叔父决定接受这个友好的邀请,我跟随着他。这是个原始的炉子——屋子中间放一块石头,屋顶上有一个出烟的洞!这间厨房也兼作餐厅。

我们一进去的时候主人向我们表示欢迎说"赛勒沃图",意思是"祝您快乐",并过来吻我们的腮帮子,就好像他还没有看见过我们似的。

他的妻子同样也说了这个词,接着也来了这样一个仪式。然后他们俩把右手放在心口,低低地鞠了一个躬。

我要赶紧补充的是这个女子是十九个孩子的母亲,这十九个孩子大大小小都挤在满屋子的烟雾中。每一分钟我都看到有些可爱的小脑袋在烟雾中现出一副忧虑的表情。它使人想起一群没有盥洗干净的天使。

叔父和我很喜欢这些小家伙,不久就有两三个爬到我们的肩膀上,有许多缠着我们的双膝,其余的就依偎在我们的双膝中间。会说话的孩子用各种可以想象的语调重复地说:"祝您快乐。"不会说话的就大声嚷着。

因为宣布吃饭,这场音乐会被打断了。我们的向导干脆让马走出去吃草,他把马安排好以后就回来了。可怜的小马只好满足于乱啮岩石上稀少的苔藓和不太丰满的海藻;第二天它们还不得不自动回来继续劳动。

"祝您快乐。"汉恩斯进来时说。

然后他平静而机械地按顺序和主人、女主人以及他们的十九个孩子接吻,每一次接吻都不比另外一次热烈些。

这项仪式完成以后,我们都坐下来,整整有二十四个人,而且是真正的一个压着一个。最荣幸的一位有两个小孩坐在他的膝盖上。

汤一到,我们这个小团体就开始静默,这种对于冰岛人甚至对于小孩来讲都是很自然的静默,重新又开始笼罩着大家。主人把地衣煮成的并非不合口味的汤分给大家,然后是一大块泡在酸牛油里面的干鱼。这种酸牛油已保存了二十多年,按照冰岛的观念,它比鲜牛油更受欢迎。此外,还有饼干和杜松浆配在一起的凝乳;至于喝的,有他们称为"布伦德"的牛奶和水。我并不关注这顿怪饭的好坏。我只知道我饿了,所以一直狼吞虎咽地吃到最后一匙浓荞麦汤。

饭后孩子们都不见了。年岁略大的聚集在烧着泥煤、羊齿、牛粪和干鱼骨的炉子旁边。大家取暖后,就各自回到自己的房间。按照习俗,女主人跑来替我们脱袜子。由于我婉言谢绝,她也不坚持,最后我钻进了我的稻草床。

翌晨五点钟,我们和主人道别。叔父花了很大工夫让他接受适当的一笔酬劳。汉恩斯向我们表示赶紧动身。

离开加丹百来步,地的外形开始改变了。它已成为一片沼泽,行走也比较艰难。右面的山脉延续到无限远的地方,看来好像是一长串天然的堡垒。我们沿着外崖前进,经常有些溪流横在我们的路上,所以我们不得不蹚水过去,可是又不能溅湿了我们的行李。

这时候四周越来越荒凉了,但是常常可以看见有一个人影似乎要逃走。当蜿蜒曲折的小路把我们意想不到地带到这些令人恐怖的怪影之一附近时,我突然见到一个光秃秃的臃肿的脑袋,皮肤闪闪发光。从他那可怜的破烂衣服的裂缝中,可以看出讨厌的脓疮,我不由一阵恶心。

这个可怜的家伙并不过来,也不伸出他那变了形的手,反而逃跑了,可是逃得不太快,他只是不希望汉恩斯对他说,"祝您快乐"。

"麻风病!"他解释着。

"是个麻风病人!"叔父重复着说。

单单这几个字就令人生厌。

可怕而痛苦的麻风病在冰岛很流行:它并不传染,只是遗传,所以当地禁止和这些不幸的人结婚。

这些现象并不能点缀这里越来越沉寂的景色,脚下最后的几根草已是奄奄一息。除了一些矮得像灌木的桦树,一棵树也没有。除了因主人没有饲料喂养而在野地上乱跑的几匹马,什么兽类也没有。有时,鹰在灰色的云端翱翔,迅速向着阳光较多的地方飞去。我完全沉浸在这块荒野之地所特有的凄惨景象里,回忆又把我带到了故乡。

我们很幸运地正赶上潮水对我们有利的时辰,趁此横过几个小的和一个大的峡湾,这时发现我们不得不在一所荒凉的房子里面过夜,这是北欧神话中属于一切妖魔的适宜住处——自然,霜魔在这里找到了他的住所,所以在晚间撒下了霜粉。

翌日没有什么特别的奇遇——同样的沼泽、同样阴郁的景色。然而那天傍晚,我们已经走完了通达斯奈弗的一半路程,我

"是个麻风病人!"

们睡在克劳沙尔勃脱。

6月19日，我们脚下的熔岩几乎长达一英里。熔岩表面的皱纹好像锚链，有时伸展出来，有时蜷缩起来。山谷间有巨大的瀑布，这证明了现在这些死火山从前的活动。到处上升着的水蒸气显示了地下的热流。

我们没有时间调查这些现象，我们不得不急忙前进。被小湖穿插着的沼泽地带不久又出现在我们的小马脚下。我们现在的方向是正西——我们绕了法克萨港湾一周，斯奈弗的白色双峰在云端里出现，离我们还有二十多英里。

马走得很好，没有被地面上的障碍挡住。我已经开始疲乏，可是叔父还像第一天那样精神抖擞，他和向导把这次远征只当作小小的旅行，我不得不佩服他们。

6月20日傍晚六点钟，我们抵达保蒂尔岸边的一个村庄，汉恩斯向我们索取了说妥的工资。叔父和他住在一起。这是汉恩斯自己的家，他们——包括他的叔父和堂兄弟都很客气，我们被招待得很周到。不等他们好意邀请，我就想在他们家休息几天，以消除旅途中的劳累。然而叔父不需要恢复体力，他也不会在这方面有所考虑，所以第二天早晨我们又骑上了我们忠实的小马。

这里的地面状况显示离斯奈弗已经不远了，它的花岗石的山根伸出地面，仿佛老橡树的须根一样。我们已接近火山的巨大基地。叔父不断地注视着它，指手画脚地似乎并不看得起它，并且说：

"那就是我们要征服的巨人！"最后马自动停在斯丹毕的牧师家门前。

第十四章

无效的辩论

斯丹毕是由大约三十间茅屋组成的村庄。它建立在熔岩上,经常可以享受到从火山上反射过来的阳光。它一直伸展到被一垛形状奇特的岩壁所圈住的小峡湾的尽头。

大家都知道玄武岩是棕色的岩石,起源于火成岩。它的形状整齐得令人吃惊。这里,大自然都合乎几何的规律,跟人一样地工作着,仿佛也具备了三角规、罗盘和铅垂线。如果说大自然在别的地方用了艺术手腕,制造了一片杂乱无章的景象,设计了圆锥体或不完备的角锥体,那么大自然在这里却要创造整齐的例子,并且大大领先于我们早期的建筑师。她所造下的一切都井井有条,即使巴比伦的华贵和希腊的珍奇也不能超过这里。

我的确听到别人谈起过爱尔兰的巨人堤道,还有斯塔法岛的芬葛尔山洞[①],可是我从来没有看见过玄武岩的结构形状,现在这种壮观却在斯丹毕出现了。

峡湾的两边和半岛的全部海岸都接连着一根根高达三十英尺的垂直物。这些笔直而匀称的柱子支撑着平放着的横梁,横梁的影子正好射在柱子上,并且伸出到海面上。在这个自然的屋顶下,人们幻想到美丽的弧形大门,空旷的海里的波浪在大门下翻

---

① 芬葛尔山洞在苏格兰的斯塔法岛上。入口就是长达二百二十七英尺的拱道,由高达二十到四十英尺的玄武岩支撑着。

斯丹毕壮观的玄武岩

来滚去,冲撞得满是泡沫。被海洋里的怒涛冲击下来的一块块玄武岩都留在海滨上,仿佛是古代寺庙的废墟。这些废墟永远显得很年轻,几个世纪以来,不受影响。

这是我们旅程的最后阶段。汉恩斯熟练地引导着我们,这使我认为他一定还会继续和我们在一起。

牧师的家是所很低的小屋,不比邻近的房子美观舒服。我们在门口看到一个人手中拿着铁锤,身上穿着皮围裙,在给一匹马钉马掌。

"祝您快乐。"向导说。

"你好。"铁匠用标准的丹麦话回答。

"牧师。"汉恩斯转过身来对叔父说。

"牧师!"叔父重复着说,"阿克赛,这位好人好像就是牧师。"

向导把我们的情况讲给牧师听。牧师停止了工作,发出无疑对马和马商都很熟悉的叫喊声,一个像泼妇的女子立刻从小屋里出来。如果说她身长不到六英尺,那肯定也不会比六英尺矮很多。

我怕她对所有的旅行者又要照常来一番冰岛式的亲吻,但她并没有这样,并且确实不是非常真诚地请我们进去。

会客室是牧师的房子中最坏的一间,又小又脏,有一股怪味道。我们不得不忍耐一下——牧师看来不像要来一次传统的客套——他似乎根本没有这个意思。夜晚以前,我发现我们在和铁匠、渔夫、猎手、木匠而不是一位上帝的臣仆打交道。然而,也可能他在星期日是有所不同的。

我不愿意说这些可怜的牧师的坏话,因为他们的境遇实在是很可悲的。他们从丹麦政府那里得到的钱很少,还要把教堂的收入上缴四分之一。教堂的全部收入也不过六十个马克①。因此,他们必须做些别的工作来谋生。他们捕鱼、打猎、钉马掌。结果,他们的言语、举止、习惯也就跟渔夫、猎人和其他比较粗鲁的人一样了。当天晚上我就发现我们的主人并没有把节制饮食这一项列为他应遵守的道德之一。

叔父不久就知道了他的底细,于是决定不顾疲乏,继续进发,所以我们到达后的第二天,就准备上山。汉恩斯雇了三个冰岛人来代替马搬运我们的行李。双方约定一到陷口的底部,这三位冰岛人就回家,不管我们。

这时候,叔父只好把他要到尽可能远的火山深处去勘探的企图吐露给向导。

汉恩斯只是点点头。到此地或彼处、深入岛的内部或者只在表面走走,对他来讲都是一样的。至于我呢,已经因一路上发生的事而感到心烦意乱,现在我再一次被激动的感情折磨着。然而我又能怎么样呢?如果有可能拒绝叔父,我在汉堡就拒绝了,绝不会在这斯奈弗山脚来尝试。

我东想西想,有一种想法使我大为激动。这是一种最可怕的想法,足以刺激神经还不像我那样脆弱的人。

"让我看看,"我说,"我们得登上斯奈弗。好。我们还得由火山的陷口下去。好。别的人这样做了而且能保存生命。然而

---

① 马克:德国钱币名,合九十金法郎。——原注

并不完全如此。如果我们能发现一条小路通到地球的内部,如果倒霉的萨克奴姗说了真话,我们就要死在火山的地下坑道中。我们如何能肯定斯奈弗是熄灭着的呢?谁能证明不会发生爆炸?如果说那位巨魔自从1229年就已睡着,是不是说他永远就不会再醒了呢?假定他醒来的话,我们会怎么样呢?"

看来这是个需要考虑的题目,而且我也真的考虑了。我一合上眼就梦到爆炸,我不能随随便便只从一方面着想。

最后我忍无可忍,终于跑去找叔父,我把这件事当作最不可能的假设,可是我和叔父之间仍保持一段相当的距离,以免他突然发作。

"对,我也正在那样想。"他简单地回答。

难道他真的能开始听我讲道理,并且放弃他那疯狂的计划吗?要真是这样那不是太好了吗?他静默了几分钟,我不敢打断他,最后他继续说道:

"我已经想过了。我们一到斯丹毕,我就注意到你刚才对我谈到的这个严重的问题了。我们不能鲁莽。"

"不能。"我强调说。

"斯奈弗已经静默了六百年,但它也可能会醒。爆炸总是先呈露很明显的现象,我已经问过当地居民,也已检查过地面,我能向你保证,阿克赛,它不会发生爆炸。"

一听到这句话,我可愣住了,我说不出话来。

"你不相信我的话吗?"叔父说,"好,你跟我来!"

我机械地听从了。他把我带入一条通向内部的小径,夹道都是由火成岩、玄武岩、花岗石和其他火成物质组成的大岩石。我到处见到有气往空中喷。冰岛人称为"芮奇尔"的一股股白气从热流中升起,这种状况说明了此地火山活动的情况。看来这证实了我的恐惧,所以我吓了一大跳。这时候叔父说:

"你看见这些烟了,阿克赛,很好。它们证明我们不用担心火山爆发!"

"这是怎么说?"我大声嚷着。

"你记住,"叔父说,"快爆发的时候,这些烟会加倍活动,然后全部消失。因为被关住的气体一旦失去压力就都从陷口跑了,而不会从这些裂口溢出。因此,如果这些蒸气一切正常,如果它们的能量不增加,而且你如果注意到风和雨并没有被一种低沉而静止的空气所代替,那么就可以断定,这火山近期不会爆发。"

"可是——"

"别说了。科学的结论我们就应该听从。"

我带着这句刺耳的话回到牧师家里。我现在的一个希望就是不要有路通到下面的陷口,那天晚上我做了一场可怕的噩梦,梦见我正陷于火山深处,我又像一块爆炸出来的岩石似的从火山里被射到星际空间。

翌日是6月23日,汉恩斯和他那些身上装满了粮食、工具和仪器的伙伴已经为我们准备就绪。两根包铁的棍子、两支枪和子弹带是留给叔父和我的。小心仔细的汉恩斯还给我们准备了一个皮袋,加上我们那只水瓶,足够我们一星期喝的。

现在是早晨九点钟。牧师和他那位身材很高的老婆正在门口等我们,无疑是主人要和旅客道别。可是这次道别所采取的形式是一张什么也没有漏掉的庞大的账单。叔父没有讲价就付了钱，一个要往地心去的人是不会太注重那几块钱的。

账单付清以后，汉恩斯表示要出发了，于是不到一两分钟我们已经离开了斯丹毕。

第十五章

斯奈弗山顶

斯奈弗高达五千英尺，它的双峰形成了在本岛外围线以外的一群粗面岩石的极点。从我们的出发点，我们可以看到这两个尖峰衬托在灰色的天空里——能看到的就是一大片雪遮住了巨人的本来面貌。

我们列成单行前进，向导在最前面。他在两人不能并肩通行的狭窄的小路上走，所以谈话简直是不可能的。

在斯丹毕峡谷的玄武岩壁的另一边，起先有一层由纤维性泥煤组成的土壤，这是从前沼泽地上的植物的遗迹。这种还没有用过的燃料的数量，足以供冰岛全部人口取暖一百年。这一大片估计源出某些峡谷的泥煤田，处处都有七十英尺深，并且显示着一层接一层被大块浮石或凝灰岩分开的炭化遗迹。

大概因为我是黎登布洛克教授的侄儿的缘故吧，我尽管心事重重，还是很感兴趣地观察着展现在这里的一切有关矿物学的新鲜东西。我一面观察，一面就想起冰岛的全部地理史。

这个奇特的岛看来是在一个不太远的时期从水底涌出来的，

两个尖峰衬托在灰色的天空里——一大片雪遮住了巨人的本来面貌。

也许是使人不觉察地逐渐露出来的。如果是这样的话，那么这一定是地底下火山爆发的结果。这样，亨夫莱·达威的理论、萨克奴姗的文件以及叔父的看法就全都化为泡影了。由于这个假定，我仔细地观察土地的性质，很快明白了这个岛形成过程中所发生的一些主要现象。

这个岛没有一点儿沉渣地层，完全是由凝灰岩组成的，也就是说，是由一大堆石块、山岩堆成的。最初它是一大片绿石，受中心力的推动而慢慢露出水面。这时内部的岩浆还没有爆发出来。

但是慢慢地从岛的西南到西北产生了一条很宽的缝，这条缝越来越往下陷，岛内的岩浆就慢慢地从这条缝里冒出来了。虽然没有发生剧烈的爆炸，然而后果却是很惊人的：这些岩浆慢慢地四散漫溢，有些地方是平铺的一大片，有些地方则高高隆起。这个时期就出现了菩萨石、花岗石和云母石。

由于火山岩浆的漫溢，岛的地层就大大地加厚了，它的抵抗力也跟着增强了。然而当溢出来的岩浆冷却以后，那条缝就被封住了，里面的岩浆不能再溢出来，于是内部的压力越来越大，终于有一天冲破了地壳而从很多个窟窿里冒出来，这些窟窿就形成了火山口。

从此以后，岩浆漫溢的现象就为火山爆发所代替了。从所形成的火山口中最初喷出来的是熔化石质，也就是现在我们正在穿过的这片平地，在这块平地上我们可以看到很多奇妙的石头标本。这里的岩石都是深灰色和六角形的。远处则有许多平顶的圆锥形岩石，在以前都是喷火口。

熔化石质喷射完以后,从火山口出来的是灰和矿渣。它们在火山口的四侧留下了一条条散射的长痕,好像一簇簇浓密的头发。

以上就是冰岛的形成过程,整个过程都是由地球内部的火所引起的。要说地层底下不是一团灼热的熔液,完全是一种谬论,要想到地心去就更加荒谬绝伦了!

所以我一面向斯奈弗爬去,一面更加肯定我们此行的结果了。

路变得越来越难走了。我们开始往上爬,挑开一些碎石子,这些石子噼噼啪啪地往下滚去,我们只有极度小心才能躲开这些石子。

汉恩斯如走平地般稳步前进。有时他在一大块木头背后消失,我们有一段时间看不见他;然后他唇边发出一阵尖锐的口哨,告诉我们跟他往哪个方向走。他也时常停下来,捡些石子,铺成一条路线,帮助我们识别回来的路——这样的仔细本身是好的,可是将来的事情很难预料,可能使他仔细地为我们回来铺下的路线变为无用。

三小时疲乏的跋涉已经把我们带到山脚下。就在那儿,汉恩斯建议休息一会儿,于是我们赶紧吃了饭。叔父为了赶时间,加倍地快吃。但是吃饭也是休息,所以他不得不等到一小时以后,等汉恩斯高兴时才带我们重新出发。三位冰岛人和汉恩斯一样一言不发,也是吃得不多不少恰如其分。

我们开始爬斯奈弗的斜坡。人站在山中很容易产生错觉,它的雪峰看来似乎近在咫尺,可是要走到雪峰附近,还需要多少时间和精力啊!那些小石子既不跟泥土也不跟野草依附在一起,而是在我们脚下不断地掉下去,以山上雪崩的速度冲落到下面的草

我们用杆子互相帮助。

原上。

在某些地方，这座山的斜坡和地平面造成的角度至少有三十六度。这是不可能爬上去的，所以只得沿着边缘上那些陡峭而多石的斜坡，不无困难地爬上去。在这些地方，我们用杆子互相帮助。

我应该说叔父一直尽量地靠近我，他从来不让我跑到他的视线以外，他的手臂好几次给了我有力的支持。至于他自己，显然有一种平衡的天赋，因为他从来没有摔倒过。三位冰岛人不管身背多少行李，还是像生来就是爬山者那样精力旺盛地往上爬。

我看到斯奈弗山峰的高度时，感到似乎不可能从边缘上爬到上面去，除非斜坡不像现在这样陡峭。很幸运，经过一小时的劳动和困难的斗争以后，在盖满了火山肩部的一大片雪中间，出乎意料地出现了一条梯级似的东西，它使我们的登山方便不少。这是在火山爆发时喷射出来的、当地人称为"斯丹那"的、几条奔流的石子中的一条所形成的。如果这一条奔流的石子没有形成山上这种形式的山路，它可能掉到海里形成新的岛屿。

这种形式的山路帮了我们很大忙。斜坡的陡峭程度继续增加，可是这些梯级使我们很容易地登山，而且可以非常快。在别人往上爬时，只要我在后面稍微停顿了一分钟，就看到他们已经变得很小了。

当天晚上七点钟，我们已经在这个"梯级"上爬了两千级，最后我们站在一块圆丘上面，可以说陷口尽端的圆锥体就耸立在这个圆丘上。

下面的海有三千二百英尺宽。我们已在雪线以上，这条雪线在此地的纬度上来讲并不算太高，可是气候很潮湿。此地冷极了，而且刮着很大的风。我已经精疲力竭。叔父见我已经不能再走，不管他如何着急，他也停了下来。他做手势叫向导也停下来，可是向导摇摇头，说："上去！"

"看来我们一定还得上去些。"叔父说。

然后他问汉恩斯为什么要作此决定。

"Mistour."向导回答。

"Ja, Mistour."[①]一位冰岛人带着恐惧的口吻重复了一遍。

"是什么意思呀？"我急切地问。

"你看——"叔父说。

我向前看看草原，只见一大条粉状的浮石、沙粒和尘土像个旋云筒似的旋转着上升。风把它吹向斯奈弗的边缘，这正是我们急忙前往的地方，我们和太阳中间这块不透明的屏风在山上投下一个很大的影子。如果这条浮石、沙粒和尘土的混合物向我们的路上吹来，那么我们也将不可避免地被卷入这阵旋风。当冰川上刮大风时，冰岛人把这种他们认为很平常的现象叫作"Mistour"。

"Hastigt, hastigt！"向导喊道。我虽然不懂丹麦文，也明白这是要我们紧跟住汉恩斯。向导开始从圆锥的边缘往上爬，弯弯曲曲地前进，这样上去比较容易些。不久尘暴打在山上，一阵震动使全山摇撼，被旋风卷起的石子仿佛经过爆发似的像雨点子那样打在地上。我们正好幸运地站在对面，所以没有遭遇危险。

---

① 冰岛文"Ja"的意思是"对"，"Mistour"的意思是"大风"。

向导摇摇头,说:"上去!"

如果没有向导的小心，我们会被打得血肉模糊，尸体也会化为灰尘，像剩下的陨石被抛到很远的地方。

汉恩斯认为我们在圆锥的边缘上过夜是不明智的。我们继续弯弯曲曲地向上爬，爬过剩下的一千五百英尺，大约花了五小时。不算那些曲曲折折的路，至少也有九英里，我实在精疲力竭，而且饥寒交迫，当时稀薄的空气又不够灌满我的肺。

在晚上十一点最暗的时候，我们终于到达了斯奈弗的山顶。我们到陷口过夜以前，还有时间可以看看半夜的太阳在最低点上把它那暗淡的光射到睡着了的岛上。

第十六章

陷口里

很快地吃完晚饭以后，我们几个人尽量想办法安顿下来。因为是在海拔五千英尺以上，所谓的"床"很硬，地方也不够大，环境又糟。可是那天晚上我睡得特别熟，比以前许多个晚上都睡得好，甚至于没有做梦。

第二天醒来的时候，我们几乎被那凛冽的风吹僵了，可是阳光很明朗。我从花岗石的床上起来，跑去享受眼前美丽的景色。

我站在斯奈弗偏南的群峰之一的山顶上。从这里可以看到岛的大部分景色。同在每一个高处俯瞰一样，地平线显得比真正的更高些，而岛屿的中间部分则相当低。任何人看了，一定会说赫尔勃斯墨的模型地图就在我的脚下：我看到深邃的山谷都是四处相连着的,峭壁就像刚刚掘出来的井,湖像池塘,小河宛似溪流。右面是一连串数不清的冰河和一群山峰,有些山峰的四周是一层薄薄的烟雾。那无穷无尽起伏的山峦以及东一点西一点像泡沫似的雪,使我想起波涛汹涌的海面。当我转向西看,只见海洋一片壮观,似乎和山峰的波峰接连在一起。陆地尽端和海洋起始的界线也是历历在目。

只有在这个大山峰上才能看到的美丽景色,使我心醉神迷。这次我没有眼花缭乱,因为我终于习惯了这种雄伟的俯瞰了。我那发晕的目光投到透明的一道一道阳光中间,我几乎忘记了我是谁,也忘记了我在哪里。我好像北欧神话中的小神和风精,我也不管我不久会注定陷入深渊,我已经迷恋于这种站在高处的紧张情绪中了。叔父和汉恩斯的到来,把我带回现实的境界,他们和我一同站在山峰的顶上。

叔父转向西面,用手指着明亮的水蒸气、雾和在海线上面的陆地的暗淡轮廓。

"格陵兰。"他说。

"格陵兰?"我喊道。

"是的,我们离那里只有一百〇五英里。融雪的时候,北极熊待在流冰上,从这里飘到冰岛去。不过那跟我们有什么关系呢?我们现在是在斯奈弗的顶上,这里有两个山峰,一个在南部,另外一个在北部。汉恩斯会告诉我们,冰岛人管我们现在站在上面的山峰叫什么名字。"

问题刚提出来,向导立刻回答:"斯加丹利斯。"

叔父胜利地看了我一眼。

"到陷口去!"他说。

斯奈弗的陷口是个倒着的空圆锥,开口处的直径长约一英尺半。我估计它有两千英尺深。任何人都能想象这种容器如果充满了雷电和火焰,将是什么样子!这个圆筒底的圆周不会大于五百英尺,所以斜坡很和缓,可以很容易地进入比较低的地方。我偶然想起大口径的短枪,这种比拟使我毛骨悚然。

"走进枪的口径,"我想,"如果它正好装着子弹,那么稍微一碰,我们就会被打出来,这简直是疯子的行为。"

然而我不能回去。汉恩斯勉强地带领着我们这几个人。我跟在后面,一语不发。

为了便于下去,汉恩斯把圆锥里面很长的椭圆形的情况描述给我们听。我们在喷射出来的岩石中间走着,有些岩石由于洞口受到震动,冲跌到深渊的底面,最后跳了一下,接着又跳了一下。掉下去以后,立刻发出异常响亮的回声。

圆锥里面的某些部位的确有冰层。汉恩斯极小心地穿过这些冰层,他总是先用他的铁棍试试是否有裂口。在某些可疑的地方,我们不得不用一根长绳子彼此系住,如果我们中间有一个人出乎意料地跌了下去,他就可以被他的伙伴们拉住。这个办法很谨慎,但也不能消除所有的危险。

从汉恩斯自己也感到陌生的斜坡下去,不管如何艰难,我们总算没有遭到意外,而且也成功了,全程只掉了一捆绳子,那是从我们一个人的手中掉下去的。我们选择了最短的路往深渊的底部下降。

我们终于在中午到达了。我抬起头看看圆锥上面的洞口,这个洞口划出了一块大大缩小了的、圆得几乎毫无缺陷的天空。就在一点上,斯加丹利斯的高峰矗入云霄。

陷口的底部出现了三条小道,斯奈弗爆发的时候,中间的熔炉曾经通过这三条小道,喷出熔岩和蒸气。这三条小道的某些地方大约有一百英尺宽。它们都在我们的脚下张着大口。黎登布洛克教授立刻很快地依次检查了它们的位置。他一面喘着气,一面从一条小道冲向另一条小道,指手画脚,并且结结巴巴地说着莫名其妙的话。汉恩斯和他的伙伴们坐在一排一排的熔岩上注视着他,显然相信他已经神志昏乱了。

忽然叔父发出一阵叫喊。我以为他已经失足掉进了这三个洞口中间的一个。然而不,他还是张着手臂,分着腿,笔直地站在陷口中间的一块花岗石上面。那花岗石仿佛阎王神像的庞大像座。他显得茫然不知所措,可是不久就转为不可遏止的欢乐。

"阿克赛!阿克赛!"他喊道,"来,来!"

我赶紧跑到他那里。汉恩斯和三位冰岛人都丝毫不为所动。

"你看!"教授说。

之后,我在西面的一块木板上看到几个卢尼字。我如果不是和他一样高兴,就是和他一样地惊奇了。其中一部分已经由于年代久远而剥蚀了,它们就是那最倒霉的名字:

ᛏᚾᚨᚱᛏ ᛋᛁᛄᛦᚨᚾᛋᛋᛏᛉ

"阿恩·萨克奴姗!"叔父喊道,"你现在还能有什么怀疑吗?"

"阿恩·萨克奴姆!"

我没有回答，惊慌失措地回到刚才坐在熔岩上的那块地方，思想完全被这个证据占据了。

我自己也说不出来我一直沉思了多久。我所知道的就是当我再抬起头来，只看见叔父和汉恩斯站在陷口的底面上。三位冰岛人已被打发走了，他们现在正沿着斯奈弗外面的斜坡向下走，回斯丹毕去。

汉恩斯安详地睡在熔岩流里的一块岩石脚下，我也在熔岩流里临时做了一个床位。叔父在陷口的底部打转，仿佛陷阱里一只被捕兽器捉住的野兽。我既不想起来，也没有力气起来。我模仿着向导，沉迷在无可奈何的瞌睡里，朦胧中似乎听到什么声音，并且觉得山的深处似乎在震撼。

第二天，灰色、多云而低沉的天空悬挂在圆锥顶上。我注意到这一点，主要并不是完全由于天空里面一片漆黑，而是由于叔父的大声吵闹。

我明白这是什么缘故，于是我心中感到又有回去的希望了。

下面三个洞口中，有一个就是萨克奴姗的洞口。据这位冰岛的聪明人在密码中所提到的条件，斯加丹利斯的影子在6月份的最后几天才射到洞口边缘，那时才能知道到底是哪一个洞口。事实上，任何人都能把这个尖峰当作一个大日晷，在固定的某一天，日晷的影子就会指出通向地心的道路。

现在，如果阳光消失，就不会有影子，而且也就无所指引了。这是6月25日。如果天空再这样阴暗六天，我们的观察就要推延到下一年。

我不想描述黎登布洛克教授那种无能为力的愤怒。日子一天一天过去，可是陷口底部没有影子出现。汉恩斯不动声色地一直待在他自己的老地方，虽然按理他应该奇怪我们这次为什么老等在此地，如果过去他曾经对某些事感到奇怪的话。叔父一句话也不对我说。他的视线永远对着天空，消失在它那灰色和多云的远处。

26日还是不见太阳，反而整天下起冰雹来了。汉恩斯用几块熔岩盖了一间小屋。看着圆锥边缘上成千条小而急的瀑布倒也有趣，这些瀑布打在每块石头上，发出的回声震耳欲聋。

叔父不能再忍耐了。这足以惹怒一位比较能忍耐的人，因为这完全是为山九仞，功亏一篑。

老天爷往往把大乐和大悲交织在一起，这一次要让黎登布洛克教授在着急得绝望之余，再享受到与之相称的喜悦的滋味。

翌日，天空仍然多云，可是在6月28日，星期日，也就是这个月的倒数第三天，月亮起了变化，接着天气也变了。大量的阳光照耀着陷口每一个小丘陵、每一块岩石、每一块石头，每一件粗糙的东西都分享着和煦的阳光，而且立刻把影子投射在大地上。最主要的是，斯加丹利斯的影子显示着清晰的山脊，它也和发光的天体一同慢慢地移动着。

叔父一直追随着影子。

中午，当影子最短的时候，它柔和地照耀着中间洞口的边缘。

"那儿！"教授喊道，"就是路！通到地球中心的路！"他用丹麦语加了一句。我看着汉恩斯。

"往前走！"向导镇静地说。

"往前走！"叔父回答。这正是下午一点十三分。

第十七章

开始真正的旅程

真正的旅程开始了。到目前为止,我们一直在行动,没有碰到困难。现在,每走一步都会碰到困难。

我还没有往下看我即将进入的那个无底洞,可是现在这个时刻已经到来。现在我仍然可以决定到底是参加这次旅行,还是拒绝尝试。然而在向导面前退回去,我会觉得很惭愧。汉恩斯正在这样镇静、这样毫不在乎、这样不顾危险地接受这项冒险的旅行,当我想起我不如他勇敢时,我的脸也红了。没有别人的时候,我可以提出一连串大道理,可是和汉恩斯在一起,我就只好不说话了。我一面想着我那可爱的格劳班,一面向着喷烟口走去。

前面说过,这个喷烟口的直径有一百英尺,圆周有三百英尺长。我靠着一块突出来的岩石往下看——不禁毛发也竖了起来!那种空虚使我非常害怕。我觉得我的重心在移动,好像喝醉了似的,头也晕了。没有一样东西比这个无底洞的吸引力更令人难以抵抗。我快要跌下来了,可是一只手拉住了我,这就是汉恩斯的手。显然,我在哥本哈根的教堂里受到的训练还没有到家。

虽然我不能长久地往喷烟口里看,可是我已经看出它是什么样子了。几乎笔直的岩壁上也有许多突出的部分,我们可以把它们当作立足点。如果说不需要梯子,那么扶手是无论如何要找的。有一根绳子拴在上面就解决问题了,可是到了下面,我们怎样把绳子解开呢?

叔父一下子就解决了这个困难。他解开一捆大约有大拇指那样粗、四百英尺长的绳子。起先他放下一半,在一块坚硬而突出的熔岩上绕了一圈,然后再放下另外一半。于是我们每一个人都能抓住这绳子的一半下降。我们下去了大约二百英尺时,便放开一半,抓住另一半把绳子收回来,再没有比这更方便的事了。这个办法可以无限制地重复下去。

"现在,"叔父做完了这番准备工作之后接着说,"我们来看看行李。这些行李必须分成三包,每人背一包——我只是指容易碎的东西。"

这位大胆的教授显然没有把我们这三个人也算作容易碎的东西。

"汉恩斯,"他说,"负责管理工具和一部分粮食。你,阿克赛,拿另外一部分粮食和枪。我自己背剩下的食品和精密的仪器。"

"那么,"我说,"衣服和绳索、梯子呢?"

"它们自己下去。"

"怎么说?"我惊奇地问。

"你看着吧。"

叔父做事麻利泼辣,而且从不犹豫。汉恩斯听了命令以后,把不容易碎的东西捆在一起,干脆就从喷烟口里掷了下去!

我听到了行李跌落发出的又响又急的声音。叔父身子靠着喷烟口,满意地注视着那些行李被掷下去,直到完全看不见时才直起身来。

"好,"他说,"现在轮到我们了。"

让任何一位诚实的人告诉我,听到了这几个字是否可能不害怕。

叔父把仪器的包裹背在背上,汉恩斯背起了工具,我扛起了枪。我们开始依次下降——先是汉恩斯,然后是叔父,最后是我。我们在极度安静的情况下下降,只有小块岩石掉下去的声音划破了这一片寂静。

我一手拼命抓住两股绳子,一手用一根尖头包铁的棍子使身体稳定,就这样下降。只有一种思想占据了我——恐怕有些地方没有立足点。这根绳子似乎不够我们三个人用。我尽量少用它,像完成奇迹似的使我自己在突出的熔岩块上得到平衡,我的脚尽量像手那样地工作着。

每当汉恩斯脚下滑了一步,他就静静地说:"小心!"

"小心!"叔父重复道。

半小时之内,我们全部到达了坚实地伸入喷烟口里面的一块岩石的表面。

汉恩斯拉住了绳子的一头,另外一头飞上去穿过上面突出的岩石又掉了下来,跟着也飞下了一阵像雨点,甚至于可以说像冰雹的碎石子。

从我们的小平台的边缘上往下看,我还是看不见底。

绳子的运用重复着,过了半小时,我们又下降了二百英尺。我不知道我这位如此热爱地质学的叔父在往下爬的时候是否还想研究一下周围土地的性质。反正我对这些一点儿也没有加以注意,管它是新地层、古地层、铅质的、沙质的……我毫不感兴趣。然而叔父却显然在观察、在注意,因为有一次在稍微休息一

开始下降

下的时候，他对我说：

"我越向前走，就越有信心了。这里的地质和达威的理论是完全符合的。我们是在最原始的地层上，这里发生过燃烧的金属和空气、水接触而产生的化学变化。我完全不同意关于地心热的说法。不信我们以后会看到的。"

还是这个结论，我可没有兴趣再和他争论了。然而我的沉默却被认为是同意的表示。我们又开始往下走。

走了快三小时了，可是还看不见底。上面的洞口越来越小，光也几乎没有了。

我们继续下降，我认为掉下去的小石子的声音说明这些石子不久就到达了底面。计算一下我们用过绳子的次数，我可以算出我们已经到了多么深的地方，而且花了多少时间。我们已经重复了十四次，每一次半小时，所以一共花了七小时，加上每次休息的一刻钟，总共是十个半小时。我们是一点钟出发的，那么现在已经过了十一点。这根绳子是二百英尺长，也就是说我们已经下降了两千八百英尺。

这时候汉恩斯说道："停一下！"

我停了下来，差一点儿踏在叔父的头上。

"我们已经到了。"他说。

"哪儿？"我问道，在他旁边滑了下去。

"到了那个垂直的喷烟口的底面。"

"那么是不是没有路可以出去了？"

"是的，我只能看到斜向右边的一条小路。我们明天可以看出来。我们先吃晚饭，然后睡觉。"

当时还有一点点光亮。我们打开粮食口袋，吃完以后就尽量在这些石头和熔岩块的床上睡下。

我仰面睡着，往上一看，只见这长达三千英尺仿佛是个巨大的望远镜的管子的末端，有一点亮晶晶的东西。这是一颗星。

最后我睡着了，睡得很熟。

第十八章

海面下一万英尺

早晨八点钟醒来，只见一道阳光被上面熔岩壁上的成千个小平面反射下来，发出一片亮光。这亮光足以使我看清周围的东西。

"喂，阿克赛，你现在还有什么话说？"叔父摩擦着双手说，"你在家里曾经度过比这儿更安宁的一个夜晚吗？没有车声，没有街道上的呐喊，也没有船夫的叫声！"

"当然，这底下是够静的，静得可怕！"

"来，"叔父说，"我们还没有穿过地球内部一英寸呢！"

"您这话是什么意思？"

"我们现在正在海平面上。"

"您有把握吗？"

"非常有把握，你自己看气压计吧。"

我们下降时，刻度一直在上升的水银柱，现在的确已经停在二十九英寸上面。

"你知道吗？"叔父说，"这里只有一个大气压。我期待着我们可以用流体气压计来代替普通气压计。"

这仪器对我们真的快失去作用了,因为空气的重量已快超过它能计算的范围了。

"可是,"我说,"这种增加了的压力会不会使我们觉得受不了?"

"不,我们慢慢地下去,这样我们就会逐渐习惯于在密度更大的空气中呼吸。飞行员飞到高空中会感到空气不够,我们也许正和他们相反。我情愿处在我们的情况下。好,不要浪费时间了,快走吧。我们事先扔下的包裹在哪儿?"

他这一提,我才记起昨晚我们曾经寻找过,可是没有找到。这会儿叔父又问汉恩斯,汉恩斯用猎人般的眼睛仔细搜寻一遍以后,回答说:

"在那上头。"

包裹勾在离我们头顶一百英尺光景的一块突出的岩石上。这位精神抖擞的冰岛人像猫一样爬了上去,不到几分钟,我们的行李就回到了我们的身边。

"现在,"叔父说,"我们来吃早饭吧,记住我们还有很长的旅程呢!"

我们吃了一部分饼干、肉和几口含有少许杜松子酒的水。

吃完饭以后,叔父从口袋里掏出一本笔记本,然后一件件地拿起他的各种仪器,做了这样一个记录:

星期一　6月29日
计时器:早晨八点十七分

气压计：七十三点九厘米

温度计：六度

方向：东南偏东

从罗盘上得到的最后一次观察，指示着我们就要进入的黑暗的坑道。

"现在，阿克赛，我们的旅行真正开始了！"叔父用一种兴奋的语调说。

说完，他一手拿起挂在脖子上的路姆考夫电线，另一手把它接在灯丝上，一道很亮的光照穿了坑道的黑暗。

汉恩斯拿起了另一根路姆考夫电线，它也已经点亮了。这个巧妙的玩意儿使我们能长久地在人造的光亮中行走，即使周围是些最不能发光的气体。

"往前走！"叔父喊道。我们每个人拿起自己的东西，汉恩斯走在第二，他推着前面的绳子和装衣服的包裹。我是第三个。通过这根很大的管子，我向上对着我也许永远不能再看到的冰岛的天空瞅了一眼。

最后一次爆炸，也就是1229年的那一次，熔岩穿过了这条坑道。它使里面铺上了又光又滑的一层，遇到灯光时就更亮了。

我们的全部困难就在于不能在大约四十五度的斜坡上很快地滑下来。幸亏有些凹凸不平的岩石可以让我们当作台阶，我们不得不继续把行李挂在一根长绳子上面滑下去。

形成我们脚下台阶状的东西就是熔岩壁上的钟乳石。有些多孔的熔岩形成了又小又圆的气泡，不透明的石英结晶夹杂着一些

一道很亮的光照穿了坑道的黑暗。

比较小而透明的石英结晶悬挂在顶上,仿佛很多灯架,我们走过的时候,这些结晶体似乎也在发光。可以说,这里面的妖怪为了迎接来自地面上的客人,正在照亮他们的皇宫。

"太好了!"我不由得喊道,"多好看啊,叔父!看这些从红棕色慢慢地变成浅黄色的熔岩,以及像透明的圆球似的水晶石,多美啊!"

"啊,你看到了,阿克赛!"叔父回答,"你说这好看。我希望我们将能见到更好看的东西。往前走!往前走!"

他还可以更恰当地说:"滑!"因为我们正在使自己在这舒服的斜坡上不费劲地前进——正如维吉尔所说——"堕入地狱的路轻而易举"[①]。罗盘一动不动地指着东南——坑道形成了一条直线。

温度并没有大大地增加,这个事实证实了达威的假设。我继续看着温度计:出发以后两小时,只达到十度,增加了四度。这使我感到我们与其说是在往下走,还不如说是在往前走。至于究竟下降了多少,是很容易知道的,因为叔父一直在准确地计算着路面的下倾角度,但是他始终不把观察的结果告诉我们。

下午八点,叔父说停下来。汉恩斯立刻坐下,我们把灯扎在突出来的熔岩上。我们仿佛在一个洞穴中,里面并不缺少空气,反而有些微风。它们是从哪里来的呢?这个问题我现在不想寻求解答,因为饥饿和疲倦已经使得我无法思索了。一连七小时往下

---

① 罗马诗人维吉尔的史诗《埃涅阿斯纪》中的句子。

这里面的妖怪为了迎接来自地面上的客人，正在照亮他们的皇宫。

走不可能不消耗大量的体力。我是筋疲力尽了。所以当我一听见"停下来"这句话的时候,真是高兴极了。汉恩斯把一些粮食放在一块熔岩上面,我们都大量地吃着。有一件事使我很担忧:我们的水差不多喝完了一半,到目前为止我们还没有看见地下泉源。我不得不请叔父注意这个问题。

"没有泉源就使你害怕了吗?"他说。

"是的,这使我很焦急。我们的水只够喝五天了!"

"别着急,阿克赛,我可以这样回答:我们会找到水的,而且找到比我们所需要的更多。"

"我们什么时候可以找到?"

"当我们走过这层熔岩的时候。泉流怎么能从这些岩壁里飞出来呢?!"

"可是也许下面的熔岩还长着呢,在我看来,我们还没有下降得很深呢。"

"你怎么会那样想?"

"因为如果我们是在地层里面,那还会热得多呢。"

"按照你的理论,现在温度计上有多少度?"

"只有十五度,也就是我们动身以后,只增加了九度。"

"那么,你的结论如何?"

"我相信,一般地说,在地球内部每往下一百英尺,温度上升一度。可是也有变化,接近死火山的地方,可能每往下一百二十五英尺才上升一度。我们按照这种最有利的估计来计算一下。"

"快算,孩子。"

"没有什么比这更容易的了,"我说道,把所有数字都记在我的笔记本上,"九乘一百二十五等于一千一百二十五英尺深。"

"你的计算完全对。"

"那么?"

"那么,按照我的仪器,我们已经到达了海面以下一万英尺的地方。"

"真的?"

"当然,除非数字本身失去了作用!"

教授的观察是无法驳倒的。我们已经在比提罗尔和波希米亚矿山还要深六千英尺的地方,温度应该是八十一度,而我们温度计上只有十五度。这是值得思索的问题。

第十九章

"我们一定要实行配给了"

翌日,6月30日,星期二,上午六点钟,我们又开始下降了。我们仍然随着熔岩的坑道下去,这自然倾斜的坑道正像老式房子里面的楼梯。一直到十二点十七分,我们才追上了已经停住的汉恩斯。

"啊!"叔父喊道,"我们已经来到坑道的尽头了。"

我环顾四周:我们面前正是两条路交叉的地方,两条路都是既暗又狭。我们究竟走哪一条呢?这是要决定的难题。

然而叔父不愿在我或者汉恩斯面前踌躇,他指着东面的坑道,不久我们三人就忙着穿过这条坑道。

再说在这两条路面前,犹豫也没有用。因为没有任何迹象可以使你决定该选择哪一条。完全得碰运气。

这条新坑道的倾斜率很小,它的各部分都很不同,有时在我们面前出现了一连串拱门,仿佛哥特式教堂的走廊,中世纪的建筑师可能在这里研究过各种形式的尖顶式建筑。再往前一英里,我们就得在那架一半伸进熔岩壁的粗柱子上面的罗马式低圆顶下面,低着头前进。

当时的温度还不是令人不能忍耐。我不由得想象这些熔岩沿着目前很静的路从斯奈弗喷出来时的景象。我也想象这股汹涌的熔岩流在坑道的四角爆发出来的情景,还有在这狭窄的空间内高热蒸气的压力!

"如果现在这座古老的火山,"我想,"在经过这么长时间的静止状态之后,再开一次玩笑,那会怎么样呢?"

我没有把这些空想告诉黎登布洛克叔父——他是不会理解的。他唯一的念头就是继续走下去、滑下去,在那光滑的路上翻滚着前进,脑子里充满一种任何人都不得不钦佩的信念。

下午六点钟,经过了一天相当顺利的工作,我们向南走了六英里。在深度上讲,只有四分之一英里。叔父表示要休息一下。我们没有多说话,只顾吃饭,饭后也没有多思索就睡了。

我们睡的条件很简单:每个人裹着旅行毯,蜷起身子。我们用不着怕冷或者干扰。非洲荒地或新世界森林中的旅行者在夜间一定要轮流值班,这里却是绝对清静安全——用不着怕野兽或野蛮人。

早晨醒来,我觉得精神清爽,也很舒服。我们重新开始旅行,还是像以前那样,随着熔岩坑道下去。不过这次并不是往下,完全是沿着地平面前进。在我看来我们只稍微上升了一些。这一点大约在上午十点钟的时候就更明显了,最后我变得很疲乏,不得不慢慢地走。

"怎么了,阿克赛?"教授不耐烦地问道。

"嗯,我累了。"我答道。

"什么,在平坦的小路上才走了三小时就……?"

"路可能是平坦,不过实在叫人感到疲乏。"

"什么?!你只是在往下走就觉得……?"

"请您再说一遍,我们明明是在往上走!"

"往上?!"叔父耸了耸肩。

"当然。斜坡在半小时以前就改变了,如果我们还这样继续走,我们一定会再走到冰岛的地面。"

教授带着不服的神气摇摇头。他没有回答,可是表示继续前进,我知道他不说话是由于发脾气的缘故。

我重新勇敢地捎起我的行李,迅速地跟着汉恩斯,他现在也已落在叔父的后面了。我最在意的就是不要落在后面,找不到我的伙伴,也不要由于想起流浪在迷宫而害怕。

此外,由于往上走越来越使人感到疲乏,我就想到这条路会重新把我带回地面,借以安慰自己。这已经成为希望,并且被每一步路证实着。

中午以后,熔岩壁的性质改变了。我注意到它们不再明亮地反射出我们的灯光。它不再有一层熔岩,岩石也渐渐倾斜,而且岩床也经常是直立的。目前我们正处于过渡时期——志留纪。①

"显然,"我叫道,"这些片麻岩、石灰石和页岩都是从水里留下来的,而且我们显然是在远离花岗石壁!我们正像汉堡的人想从汉诺威前往律伯克!"

我应该把这几句话留在心里,可是我的地质学本能胜过了我的谨慎,所以叔父终于听到我喊出了这几句话。

"怎么回事?"他说。

"瞧!"我一面回答他,一面指给他看那些片麻岩、石灰石和页岩。

"怎么了?"

"我们已经到达了植物和动物初次出现时期的岩石旁边。"

"哦,你这样想吗?"

"您自己看!"我让他一路用灯照着熔岩壁观察一番。然而他不表示意见,仍然静静地往前走。或者是他不肯承认他选错了这条东面的坑道,或者是他决定勘探到底。显然我们已经远离了熔岩通道,我们也不是走在通向斯奈弗的路上。

我也怀疑我是否弄错了,于是决定搜索遗留下来的原始植物,或许它们可以坚定我的主张。

当我快走满一百码的时候,终于得到了不可辩驳的证据——在志留纪,河水中包含一千五百种以上的植物和动物。我的两只已经习惯于硬熔岩的脚,现在扬起了一阵由遗留下来的植物和兽皮组成的灰土。我在岩壁上清楚地看到海草和石松的痕迹,黎登

---

① 志留纪:约始于 4.4 亿年前,结束于 4.1 亿年前。

布洛克教授一定认识它们的，可是我相信他闭上了眼睛，不去看它们——无论如何他正迈着均匀的步伐前进着。

他未免太固执了一些，我再也不能忍耐。我拾起一块保持得很完整、和目前土鳖相仿的兽皮，然后转向叔父说道："您看！"

"好吧，"他冷冷地说，"这是古代节足动物中一种已经灭绝了的甲壳动物的皮，不过如此而已。"

"可是您不能推想一下——？"

"你推想到什么？我也推想过。我们已经远离了花岗石和熔岩流。我可能已经错了，可是等我们到达这条坑道尽头的时候，我会明白的。"

"对，叔父，如果我们没有受到一直在增加的危险的威胁，我一定很同意。"

"什么危险？"

"缺水。"

"那么，我们一定要实行配给了，阿克赛。"

第二十章

死胡同

我们的确需要实行配给了。据我吃晚饭时的了解，我们的存水只够三天饮用。而且不幸的是在这志留利亚时期的河底我们没有希望找到泉源。

翌日，我们眼前整天展现着坑道那一连串无穷无尽的拱门。

我们几乎一语不发地前进,汉恩斯的沉默寡言仿佛已经感染了我们。

这条小路并不向上倾斜,至少看不出来;有时甚至于显得往下倾斜。不过这种趋势并不明显,它不能使教授放心,因为地层的性质并没有改变,而过渡时期的特征却越来越明显了。

电灯的光芒使得岩壁上的片麻岩、石灰石和红色的古页岩闪闪发亮。我们真像是处在德文郡①中的一条露天地道中,因为古老的红沙石——这种泥盆纪②地层,正是以德文郡命名的。德文郡已经把它的名字给了古老的红沙石。岩壁的表面时常也有一层很好看的大理石,有些呈玛瑙灰并且带有掺杂的白纹,有些呈鲜红色,有些是黄色里面夹杂着一片片的玫瑰色,更有些是暗红色和棕色斑点混合在一起。

这些大理石大部分显示着原始动物的痕迹。相比前天看到的,现在这些沉淀物已经有了明显的进化。我看到的不是发育不全的古代节足动物,而是比较齐全的动物的遗骸——其中有硬鳞鱼、古生物学家认为是最古形式的爬虫的蜥蜴。德文郡海中住着大批这种动物,它们都沉淀在目前新时代的河底。

显然我们是在观察各种动物的生活,人是这些动物中最高级的一种。可是黎登布洛克教授似乎并不注意这些,他大概希望遇到一个直立的坑道,可让他重新下降,或者是希望能够遇到障碍,好强迫我们回去。然而傍晚到来的时候,任何一种希望都没有实现。

---

① 英格兰西南部一郡名。
② 泥盆纪(Devonian)是英国地质学家赛奇威客和默奇森发掘了德文郡(Devonian)的古老红沙石岩后,于 1839 年命名的。

星期五，我由于口渴而感到困苦。在挨过了一夜以后，我们这一小伙人又赶紧进发。十小时以后，我观察到岩壁上的反射已经大大减少。大理石、片麻岩、石灰石和沙石都被一种暗淡无光的东西所代替。

在坑道很狭窄的某一块地方，我身靠着岩壁，见到我的手已经变得很黑。我更仔细地环顾了一下四周：我们周围全是煤！

"这是煤矿！"我嚷着。

"这儿从来没有矿工到过。"叔父回答。

"啊！谁知道？"

"我知道，"叔父简短地说，"我肯定煤矿中这条坑道不是人们开出来的。可是这有什么关系？吃晚饭的时间到了。我们吃晚饭吧。"

汉恩斯准备了一些食物。我吃得极少，喝了配给我的少量的水。向导的水瓶中只剩下的一半水是留给我们三人喝的。

晚饭以后，我的两个伙伴把自己裹在毯子里，以睡眠来恢复精力。我可睡不着，数着钟点直到天亮。

星期六早晨六点钟，我们又出发了。不到二十分钟，抵达了一个很大的洞穴，显然这不是由人们的手掘出来的，否则圆顶的下面一定有所支撑的。这个洞穴看来似乎是由一种神奇的平衡力支撑着。

这洞穴阔一百英尺，高约一百五十英尺。这里的土地曾经由于剧烈的地震而裂开了，留下了这一大块缺口。我们是地球上第一批来到这里的人。这个煤层的全部历史都写在岩壁上，地质学家看了很容易就明白其各个不同阶段。煤床被沙石或细密的页岩

"这是煤矿!"

分开，上面被它们重重地压着。

这是中世纪之前的时代，地球不断受到高热和湿度的双重影响而覆盖着巨型植物。而地球的各个部分又包围在一层蒸气中，连阳光都不能透射进来。

这个时期根本不存在所谓"气候"，地球的表面上弥漫着一股相当于赤道和两极的热流。这股热流是从哪里产生的呢？从地球内部。

和黎登布洛克教授的理论相反，地球内部蕴藏着大量的热，它的作用一直达到地壳的最外层。植物由于没有阳光的照耀，既不开花也没有香味，然而它的根却从烧热的地球内部吸取到生命力。

树很少，可是有很多草、羊齿植物、石松、封印木，这些都属于现在的稀有植物，可是当时却有好几千种。

煤就起源于这种繁茂的植物。这时候地壳还具有伸缩性，它由于内部液体的流动而形成许多沟隙和凹陷的地方。被淹在水下的植物逐渐地形成巨大的一片。慢慢发生沉淀之后，水下的大批植物先变成泥炭，然后由于酸醇的作用完全变成矿物。于是形成这一大片煤床，供给各国消费，在将来的许多世纪中，仍然是取之不尽。

然而我对自己说，这些特殊的煤床不会有人来开采——要到达这么遥远的矿源所需要的劳动力太多了。此外，地面上已经有了许多煤，为什么要到这里来呢？所以这些煤床将永远是这样的状况，直到吹起世界末日的喇叭。

我们继续向前走，大概只有我一个人忘记了路途的遥远，完全沉迷在地质问题的考虑中。温度几乎不变，可是我的嗅觉告诉我面前存在着碳化氢和沼气，它们的爆炸已经在煤矿中造成了可怕的灾祸。由于路姆考夫天才的发明，我们能在这里得到光亮，这是多么幸运啊！如果我们不幸地举着火炬在这里勘探，可怕的爆炸会把我们这些勘探者全部毁灭，使这次远征半途而废。

我们在煤层上穿行，直到傍晚。由于一路地面上的障碍，叔父变得越来越焦急了。这时候周围越来越黑暗，没有办法估计坑道的长度。我开始在想，这条坑道可能没有底。忽然，在下午六点钟，出人意料地一垛岩壁出现在我们面前，左右上下都没有开口。我们已经到达了一条死胡同的尽头。

"那更好！"叔父喊道，"我知道现在我是在哪里了。我们并不是在萨克奴姗的路上，只好回去。我们休息一夜，三天以内回到上次那两条路分岔的地方。"

"好吧，"我说，"只要我们有力气！"

"为什么没有？"

"因为明天没有水了。"

"那么我们的勇气也没有了吗？"教授严厉地看了我一下，问道。我不敢回答。

第二十一章

渴！

第二天我们很早就出发了。快是重要的——从我们出发到现在已经是五天的旅程了。

我不愿拿我们退回去时的苦楚的描写来烦扰你们。叔父以一个犯了错误的人的愤怒来对待这些苦楚;汉恩斯镇静地顺从着;我自己呢,应该承认我一直埋怨和失望,不能在这种不幸的情况下压制我的心情。

正如我所预见的,水在我们进发的第一天结束时就喝完了;所以我们只剩下了杜松子酒。这种烈性的液体可以烧人的喉咙,因此我连看都不想看它。我觉得热气使人窒息,简直累得要倒下来了。我不止一次地真正失去了知觉;于是叔父和那位冰岛人停下来,尽量安慰我,给我打气。可是我注意到叔父也真正受到了疲乏和口渴的煎熬。

最后在7月7日,星期二,我们用手和膝盖匍匐而行,终于半死不活地到达了两条坑道分岔的地方。我像个没有生命的东西,向前跌倒在熔岩地上。这是早晨十点钟。

汉恩斯和叔父背靠着岩壁,想一点一点地咬着吃一些饼干。我那肿胀的嘴唇发出不断的呻吟。我已经不省人事了。

一会儿以后,叔父来到我身边,用他的双臂把我抱了起来,带着真正怜悯的语气说:"可怜的孩子!"我不习惯于这位严厉的教授的温柔,但是我也被他的话所感动。我抓住他那发抖的双手,他用泪汪汪的眼睛注视着我。

这时候,他拿起挂在身边的水壶,出乎我意料地把它放在我的嘴唇边,说:"喝吧。"

我听对了吗?叔父疯了吗?我傻了似的看着他,不能理解。

"喝吧。"他重复道,举起水壶,把里面的水倒进我的嘴。

哦!无比的愉快!一口水就解除了我那燃烧着的干渴——

"我把这一口水留给了你,阿克赛!"

一口水就把我的生命从鬼门关口拉了回来。我捏紧了手,谢谢叔父。

"是的,"他说,"一口水——最后一口,你知道,唯一的最后一口!我小心地把这一口水一直留在瓶底,一再地抵抗着想打开来喝的可怕的诱惑!喂,你明白吗,我把这一口留给了你,阿克赛!"

"亲爱的叔叔!"我喃喃地说,眼睛里充满了泪水。

"嗳,亲爱的孩子,我知道你到达上次那两条路的交岔口的时候,你就要半死不活地倒下来,所以我把这最后几滴水留下来救你。"

"谢谢,叔叔,谢谢!"我喊道。

虽然不能说我的干渴已经解除了多少,但我已经恢复了我的力量。我喉咙边已经拉紧了的肌肉,现在也放松了;我的嘴唇也不再发烧,而且能说话了。

"好吧。"我说,"现在我们只有一件事要做:我们没有水,所以我们一定要回去。"

在我说话的时候,叔父低着头不看我,尽量避免和我的目光接触。

"必须回去,回到斯奈弗去。愿上帝赐给我们力量,让我们能回到火山口!"我大声说。

"回去!"叔父喊道,好像不是对我说,而是大声说给他自己听。

"是的,而且一分钟也不要浪费。"

一段相当长时间的沉默。

"那么,阿克赛,这一口水还没有恢复你的勇气和力量吗?"

"勇气?!"

"我看你又垂头丧气,又在说泄气话了!"

我在跟一个什么样的人打交道呀?他又有了什么大胆的计划呢?

"您是不是说不愿回去?"

"我刚刚看到成功的可能!决不回去!"

"那么我们是不是一定要找死?"

"你,阿克赛?不。你回去吧。我不愿意让你死。你和汉恩斯一同回去,我还独自走下去。"

"我不能离开您!"

"快,快,离开我吧。我已经开始了这段旅程,一定要争取成功,决不回去。你回去吧,阿克赛,回去吧!"

叔父说话时十分激动。他的声音虽然刚才是温柔的,可是现在又恢复了严厉和威胁的口吻,他是在对一件不可能的事发蛮劲!我不忍把他丢弃在这个深渊里,虽然我的自我保存之心占着上风。

向导还是照样镇静地倾听着这场争吵。他从我的手势里显然能明白我们在争辩些什么,可是对于这件关系到他生死存亡的事,他并不感兴趣。只要别人做一个动身的手势,他立刻会向前走,但如果他的主人有一点点想留下来的意思,他同样会马上停下来。

假如这会儿我能使他听懂我的话该多好!这样,我一定可以用语言、用叹息来打动这颗寒冷的心。我们所处的危险境地,看来他一定没有意识到,我会使他明白,使他感觉到的。我们两个人联合起来也许可以把固执的教授说服。必要的时候,我们还可以强迫他回到斯奈弗去！我跑到他身边，把手放在他身上，他动也不动。我向上指着陷口，我的面孔和气喘显示着我的痛苦，可是他仍然不动。最后他轻轻地摇摇头，偷偷地指着叔父说："主人。"

"'主人'！"我叫着说，"傻瓜！他不能主宰你的生命！一定得逃回去！把他拖回去！你懂不懂？你明白吗？"

我抓住了汉恩斯的胳臂。我想迫使他站起来。我们争执着。这时候叔父插进来了，他说：

"冷静点儿，阿克赛，你从这个对一切都无动于衷的向导那里不会得到什么的。你还是听听我的主意吧。"

我交叉着两臂，一直看着叔父的面孔。

"我们唯一的困难，"他说，"就是缺少水。我们在东面那个由片麻岩、熔岩和煤组成的坑道里没有找到水。我们在西面的坑道内可能会比较幸运些。"

我摇摇头，完全不相信。

"听我说完，"叔父说，提高了他的声音，"当你躺在那儿不动的时候，我正在观察着坑道的来龙去脉。它一直伸到下面，不久会把我们带到花岗岩的内部，我们在那儿可以找到许多泉源。哥伦布要求他的随从再坚持三天，他们都答应了，虽然他们有病而且感到害怕——最后他发现了新世界。我是这地下区域的哥伦布，而我只要求你们再忍耐一天。如果一天以后还是找不到我们所需要的水，我向你起誓一定回到地面上去。"

不管我如何恼怒，我被他的这几句话和诺言感动了。

"好吧，"我喊道，"但愿如此，并且希望上帝能报答您这种超人的力量。您只剩下几小时去碰碰运气了，咱们出发吧！"

第二十二章

还是没有水

我们又开始下降了——这次是从新的坑道下去。汉恩斯和以前一样走在前面。我们走了不到一百步,教授就把他的灯沿着岩壁照着,喊道:"这是原始的岩石!我们正在右面的路上!来吧!"

当地球逐渐冷却的时候,它的体积缩小,因而地壳产生了裂缝和凹地。我们现在行走着的这条坑道就是这样形成的,从前这里流着花岗石的熔浆。这条原始坑道的千百个转折形成了一座困人的迷宫。矿物学家从来没有如此幸运地在这里研究自然。奇妙的地质勘探器所无法带到地面上来的东西,我们却能亲眼看到,亲手摸到。首先有一片片美丽的、绿色的片麻岩,横夹着曲曲折折的一条条发光的金属——铜、镁、白金或金子。不管人类如何贪婪,也休想找到埋藏在地球内部的这些财富。这些宝库,由于地球在古代所发生的变动而被埋得这么深,无论是锄头还是镐,都没法把它们挖出来。

我们追随着一层一层的片麻岩向前走去。这些片麻岩几乎像水成岩,岩床也整齐而平行。接着是夹在片麻岩里的平平的薄片云母在闪闪发光。灯光被大批岩石的小平面反射出来,彼此向各个方向折射,直到最后仿佛只看见一个人在中空的金刚钻里面前进着。

快到傍晚六点钟的时候,这个"光"的节日显然已经减弱;

不管人类如何贪婪，也休想找到埋藏在地球内部的这些财富。

岩壁虽然还是水晶的,却已经黯淡无光了。长石以及石英和云母在一起出现,表示我们已经到达了岩石中最老最硬的岩石层。这种岩石承受着其他岩石的重量。我们简直是被禁闭在花岗石的大监狱里面。

现在已是八点钟了,还是没有水,我实在痛苦极了。叔父走在前面,不肯停下,一心想听到溪流的潺潺声——但他没有听到。

我的四肢已经无法支持了。为了不耽搁叔父,我只好忍受着苦楚,可是到了最后,一点儿力气也没有了——我喊了一声"救命!"就倒了下来。

叔父转回身来。他交叉着两臂,一面注视着我,一面咕哝着说:"一切都完了!"他做了一个可怕的愤怒的手势,然后我的眼睛闭上了。

当我重新睁开眼睛的时候,我看见我的两个同伴一动不动地裹在被窝里。他们睡着了吗?我可一刻也睡不着。我难过极了,当我想到我的病没有办法医治的时候,心里就更难受了。刚才叔父所说的最后一句话,又在我耳边响起来了:"一切都完了!"真的,一切都完了,因为在我这样虚弱的情况下,要想重新回到地面上去是不可能的事。

地壳有四英里半厚!这一大块东西就好像压在我肩上似的。我感到沉重极了,透不过气来,我费了很大力气,在我的石床上翻了一个身。

几小时过去了。尽管这里静如坟墓,我还是不能入睡。在这垛岩墙内什么也没有发生。这里的岩壁最薄的也有五英里厚。

然而,正当我朦胧欲睡的时候,我好像听见一个声音。地洞里一片漆黑,我使劲地看,隐隐约约地看见那位冰岛人拿着一盏灯,走掉了。

汉恩斯为什么走?他把我们丢下了吗?叔父睡着了。我想喊叫,但是我干燥的嘴发不出声音来。周围越来越黑了,现在什么声息都没有了。

"汉恩斯丢下我们了!汉恩斯!汉恩斯!"我无声地叫喊着,除了我自己,没有人听得见。然而当第一阵恐惧过去以后,我感到有点儿惭愧,我不应该怀疑这位直到现在为止还没有任何可疑之处的人。他并没有往坑道上面爬,而是在向下走。如果他有什么坏企图的话,他应该往上走的。这个想法消除了我的疑惧,然后我开始想这位镇静而顺从的汉恩斯为什么要从他的安睡中爬起来。他是不是即将有所发现?在这安静的夜间,他是不是听到了什么我没有听到的细微的声音?

第二十三章

"汉恩斯,对!"

大约有一小时,我一直在精神错乱地想象着这位沉默寡言的向导的一切可能的动机。各种最荒谬的想法一齐钻入我的脑海。我想我大概疯了。

最后听到下面发出来的一阵脚步声,汉恩斯又上来了。他那摇曳不定的灯光先照在岩壁上,然后从走廊的出口处射出来。汉恩斯出现了,他走到叔父身边,把手放在他的肩膀上,轻轻地摇醒他。叔父坐了起来。

"怎么了?"他问。

"Vatten[①]."向导回答。

我猜测到他的意思,于是我喊着"水!水!",拍着手,像个疯人似的指手画脚。

"水!"叔父重复道,"哪儿?"他问冰岛人。

"下面。"汉恩斯回答。

哪里?就在下面!我明白了。我捏紧了向导的手,他也静静地注视着我。

我赶快准备,不久就从走廊的三个斜坡中的一个下降。一小时以后,我们已经横越了六千英尺,下降了两千英尺。

这时候,我们清楚地听到一种新的声音,像远处隆隆的雷声。我走了有半小时了,但是没有看见已经听到声音的泉水。我又开始悲观失望了。但就在这时候,叔父对我说明了声音的来源。

"汉恩斯没有搞错,"叔父说,"你所听到的是洪流的声音。"

"洪流?"我喊道。

"毫无疑问。我们附近就有地下河流。"

我们赶紧往前跑,由于希望而感到极度兴奋。我不再感到疲乏——水的声音已经使我们清醒。刚才还在我们头上的洪流,现

[①] 丹麦文,意即水。

在已经是在左面岩壁的后面咆哮和奔腾。我不断地用手摸着岩石,希望碰到一些水气,可是碰不到。

又过了半小时,走了一英里半的路了。

显然,刚才向导出去寻找水源的时候,至多也只走到这儿。凭着一个山里人、一个渴望泉水的人的直觉,他"感觉"到有一股泉水在岩石中流着,但是他肯定并没有看到这可贵的液体,他的目的并没有达到。

又过了一会儿,我们发现越是往前走,流水的声音反而越来越听不清了。

所以我们又掉转方向。汉恩斯停留在看起来离洪流最近的地方。我靠着岩壁坐着,听到就在大约两英尺以外,泉水急流着,可是被一垛花岗岩壁隔开了!我只好失望。汉恩斯看着我的时候,我仿佛看见他的嘴唇上泛起了一丝微笑。

他站起来拿了灯,我跟随着。他走到上面的岩壁旁边,把耳朵贴在岩壁上倾听,仔细地从一处慢慢移往另一处。我知道他是在找声音最响的地方。他发现泉水就在这条小路上面三英尺的地方。

我多么兴奋啊!我简直不敢猜测向导想干什么。可是当我见到他举起镐来刨岩石的时候,我完全明白并且喝彩了。

"得救了!"我嚷着,"得救了!"

"对!"叔父以疯狂的语调反复地说,"汉恩斯,对!好小子!我们是想不出这种主意的!"

他说得很坦率,这简单的办法不会钻进我们的头脑。用镐来砍倒世界的骨架实在是太危险了。它可能会造成可怕的岩崩,把我们完全摧毁！或者是洪流从岩石里突然冲出来，把我们卷走！这些忧虑并非没有根据；可是由于我们目前的处境，任何岩崩和洪流的恐惧都不能阻止我们，我们实在太渴了，为了消除干渴，我们宁愿掘进海洋的底部。

汉恩斯开始了这项叔父和我都不能担负的工作——我们这样着急，准会一下子劈开这垛岩壁的。但向导却镇静而缓慢地不断用镐对着岩石凿去，劈开了一条大约六英寸阔的小缝。我听见洪流的声音越来越大，幻想着我已经在嘴唇上尝到了滋润的泉水。

不久，镐已经在花岗岩壁中凿进了两英尺。这项工作花了一小时多，我一直着急地在一边折腾着。叔父想亲自动手，我简直不能阻挡他——他的确也拿起了他的镐，这时候忽然听到一阵嘶嘶的声音。裂口里喷出一股水，射到对面的岩壁上。

汉恩斯几乎被这突然的冲击撞倒，忍不住疼痛地叫了一声。当我把手伸进喷水口的时候，我才明白我为什么也大叫一声——水是滚烫的！

"这是沸水！"我嚷着。

"嗯，它会冷下来的。"叔父回答。坑道中满是蒸汽，一道流水正在形成，并沿着地下曲折的小路流下去。不久以后，我们就尝到了第一口。

啊！多幸福啊！真是无可比拟的喜悦啊！这是什么水？这水从哪儿来的？不管它——反正是水，虽然热，它已经把我们即将消失的生命又救了回来。我不断地喝着，不知道是什么味道。

享受了大约一分钟以后，我喊道："里面有铁！"

"这是沸水!"

"对于我们很有利,"叔父说,"这次旅行等于是到斯巴[①]和吐不列茨[②]去的。"

"哦,多好啊!"

"我也这样想,这是来自地下六英里深处的水。它有些并不令人讨厌的墨水味。由于这是汉恩斯为我们找到的,我建议为这个有利于健康的泉水起个名字。"

"好!"我喊道。泉水的名字——"汉恩斯小溪"——立刻被采用了。

汉恩斯并不推辞,他恰如其分地使自己清醒了一下以后,又像往常那样镇静地在一个角落里坐下。

"现在,"我说,"我们不能让这里的水就这么白白流掉。"

"为什么?"叔父问道,"我认为这个泉水是用之不竭的。"

"这样吧,让我们灌满所有的水壶和水瓶,然后把裂口堵住。"

我的建议被接受了。汉恩斯用花岗石和解开的旧麻绳想把他所打开的裂洞堵住。可是除了烫伤手,什么也做不了——压力太大了。我们的努力全白费了。

"从水柱的冲击力可以断定,泉源一定是在很高的地方。"我说。

"一定是的,"叔父接着说,"这水柱大约有三万二千英尺高,那么,它的压力恐怕有一千个大气压。不过我倒有一个

---

① 斯巴:比利时东部小镇,大家称它为水地。
② 吐不列茨:波希米亚的矿泉。

想法。"

"什么想法?"

"我们为什么这样急着要堵住这个裂口?"

"为什么?因为——"我无论如何也想不出充足的理由。

"当我们的水壶空了的时候,我们肯定还能再装满它们吗?"

我们当然不能。

"好吧,那么就让这些水流吧,很自然地,它会往下流,而且会像解除我们的干渴一样,还可以引导我们。"

"这倒是个好主意!"我喊道,"有了这个泉水的帮助,我们的计划就没有理由不能成功了。"

"啊,你明白了,我的孩子。"教授笑着说。

"事实上我早就明白了!"

"可是等一等。我们休息几小时再开始。"

我真已经忘记当时已是夜间。计时器告诉了我这个事实。不久我们每个人都恢复了体力,也吃饱了,于是沉沉地睡着了。

第二十四章

海下

第二天我们已经忘记了过去的困苦。起初我对自己不感到口渴觉得奇怪,而且不知道怎么会如此。脚下潺潺的溪流回答了我。

我吃完早饭，又喝了很可口的含有铁质的水。我觉得很愉快，想走得更远些。有我叔父这样充满信心的人，又有一个像汉恩斯那样机灵的向导以及像我这样"坚定"的侄子，怎么会不成功呢？这个美好的想法钻进了我的脑子。如果有人建议回到斯奈弗的山顶上去，我一定会很生气地拒绝。而且幸运的是我们还正好是往下走。

"我们动身吧！"我喊道，我那充满热情的声调又唤起了这地球的古老的回声。

星期四早晨八点钟，我们又开始进发。曲折的花岗石走廊有着各种出人意料的角度，但是它总的方向一直是向着东南。叔父一直没有忘记观察罗盘，注意着我们行程的方向。

这条坑道几乎完全是平行的，每六英尺只有二英寸的倾斜率。泉水静静地流着，我把泉水当作熟悉的神仙，引导着我们穿过地球的迷宫。我伸手摸摸又柔和又温暖的泉水，一面倾听着它那陪伴着我们的步伐的歌声。

叔父一直在咒骂斜坡的倾斜率过于微小，并且等待着笔直的坑道。然而我们不能选择，如果我们正在接近地心，不管怎么慢，总是好的。此外，有时斜坡的倾斜率就变得大些，泉水翻滚着流下去，我们也很快地下降。然而这一天和第二天，我们都是平行地前进，没有下去多少。

7月10日星期五晚上，据我计算，我们是在雷克雅未克东南九十英里的地方，而且是在地下七英里半。这时我们脚下出现了一个形状可怕的坑道，其陡峭的程度使叔父拍手称快。

"现在我们要继续下降，"他喊道，"这次也很容易，因为岩石突出的地方可以当作很规则的梯子！"

汉恩斯用最安全而可能的办法调整了绳子，于是我们就开始下降了。我不应该说它危险，因为现在我很习惯于这种前进的方法。

这条坑道是大堆岩石中狭窄的裂缝，也称为"断层"，是由于地壳冷却时收缩而形成的。这里没有任何物质由于火山爆发而穿过这条坑道的痕迹。我们正在从如同人造的一种螺旋形梯子上下降。

每隔一刻钟，我们不得不停下来休息一下，松弛腿上发痛的肌肉。我们很喜欢坐在突出的岩石上，两腿悬挂着，一面吃一面谈，喝着泉水。当然在这断层地带，"汉恩斯小溪"由于体积缩小，已经变为细流，但是它对我们来说还是够用的。泉水在这里很像叔父那样容易着急和发怒，而在和缓的斜坡上的时候，就像我们这位冰岛向导。

7月6日和7日，我们随着断层的螺旋形前进，穿入地壳六英里，这时我们可能是在海平面下面十五英里。然而在8日，断层的倾斜率又和缓得多，向东南以四十五度角斜去。

路面平坦，也没有什么高低曲折——它也不可能不这样。任何人对景色是不能期望一直有变化的！

15日星期三，我们已在地下二十一英里，同时又是在斯奈弗下面一百五十英里的地方。虽然有些累，我们的身体却很好，我们的药箱没有动过。

叔父每小时都观察计时器、气压计和罗盘（后来这些数据都发表了）。当他告诉我说我们已经平行地走了一百五十英里的时

我们在断层中螺旋形下降。

候，我大声叫着。

"你怎么啦？"他问我。

"没什么，我只是想到一件事。"

"什么事，孩子？"

"如果您的计算是对的，那么我们已不在冰岛的下面了。"

"你这样想吗？"

"我们很容易就能看出来。"我用罗盘和地图的比例测量了一下。

"我是对的，"我说道，"我们已经经过了彼得兰海角，我们向东南走的那几英里把我们带到了海的下面。"

"在海的下面。"叔父重复了一遍，高兴地擦擦手。

"您想想，"我说，"海洋就在我们头上！"

"那没有什么关系，阿克赛，煤港①的海底下是有煤矿的。"

不管我们上面是冰岛的山脉还是大西洋的波浪，这些都没有什么关系，因为这里也有参差的岩石屹立着。尽管如此，叔父这种想法反而使我感到不舒服。不久，我就慢慢地也习惯于这种想法了，因为虽然这条有时很直、有时曲折的坑道的倾斜率时常在改变，可是它一直是向着东南方蜿蜒而去；而且不断地下降，不久就把我们带到了很深的地方。

四天以后，在7月18日星期六的傍晚，我们到达了一个很大的洞窟。叔父把汉恩斯每星期三块钱的工资给了他，并且决定第二天休息。

———————

① 煤港：英国诺森伯兰州的海港，以输出煤炭著名。

第二十五章

休息一天

星期日早晨醒来,我不像往常那样必须准备马上出发了。即使在这么深的地方,放假一天还是很愉快的。此外,我已经习惯于我们的穴居生活,简直不再想起太阳、星斗、月亮、树木、房子、小镇和我们从前生活中认为必要的奢侈品。过着这种古老原始的生活,我们已经不关心那些不必要的了不起的东西了。

这个洞窟形成了一个大厅,它那花岗石的地上流着忠实的泉水。泉水从源口流到这里,它的温度已经和它四周的东西的温度一样了,所以不难饮下。早饭以后,教授花了几小时忙着整理日记。

"首先,"他说,"我要计算一下我们现在在哪里。回来的时候,我要为我们的旅行画一张地图,这是一张世界纵断面的地图,同时把我们的行程也注在上面。"

"这一定非常有趣,叔叔,不过您的观察能不能达到一个相当准确的程度呢?"

"能。所有的角度和坡度我都仔细地记下来了。我有把握不会算错的。先看一看我们现在在什么地方。把罗盘拿来,看看是什么方向。"

我仔细看了一下,回答:"东南偏东。"

"好吧!"教授一面说,一面记下这个方向,立刻很快地计算了一下,"我们从出发点已经走了二百五十五英里了。"

"那么我们现在是不是在大西洋的下面旅行?"

"一点儿不错。"

"也许这时候大西洋里正发生着一场暴风雨,我们的头顶正有船只在风浪中摇晃。"

"非常可能。"

"也许鲸鱼正在用它的尾巴拍击着我们所处的这座'牢狱'的墙呢!"

"放心,阿克赛,鲸鱼动不了这堵墙的。啊,我们继续算下去吧。我们是在东南方,离开斯奈弗有二百五十五英里,根据这几点,我们现在在地下四十八英里。"

"四十八英里!"我叫了起来。

"不错。"

"这是地壳的限度!"

"我敢说这是可能的。"

"这儿按照温度上升的规律,一定已有一千五百摄氏度!"

"一定是的,我的孩子!"

"那么所有的花岗石一定得熔化了!"

"不过你看花岗石并没有熔化,事实又按照它的惯例推翻了理论。"

"我不得不表示同意。不过这确实使我很惊讶。"

"看看温度表,有多少?"

"二十七度六。"

"所以科学家们算错了一千四百七十二度四!所以那种越下去温度越上升的说法是错误的。所以亨夫莱·达威是对的,我相信了他也是对的。你还有什么话说?"

"没有什么可说的。"

实际上我有很多话要说。我是无论如何不会同意达威的理论的。我仍旧相信有地心热,尽管我还没有感觉到它。我倒是同意这样一个说法:这座死火山的喷道被一层不能熔化的岩质包围着,所以热度传不到里面来。

不过我没有再和他争辩,我只是就目前的情况向他提出一件事:

"叔叔,我同意您的计算是准确的,不过请允许我作出一项推论。"

"快作吧,我的孩子。"

"在冰岛的纬度上,地球的半径大约是四千七百四十九英里,对不对?"

"四千七百五十英里。"

"给它一个整数,就算四千八百英里。我们已经走了四千八百英里中的四十八英里,也就是说我们走了一百分之一?"

"正如你所说的。"

"跑了二十天?"

"正好二十天。"

"这样我们就需要两千天也就是说大约五年半才能到达地心!"

教授没有说话。

"此外,如果我们每往前走二百五十英里同时也就下降四十英里,我们需要好久才能到达地心!"

"你这计算真讨厌!"叔父生气地说,"情况会改变的。此外，别人已经做了，如果他能成功，我们也能成功。"

"我希望如此，可是到底我能被允许——"

"你能被允许不开口，而且不说无聊话，阿克赛。"

我也感觉应该安静些。

"现在，"他问，"气压计上指着哪里？"

"压力相当大。"

"好吧。你看我们已经慢慢到达这个地步，但是也不觉得不方便。"

"不，只是耳朵里觉得有些痛。"

"就会好的。迅速地深呼吸，使你肺里的压力和外界的压力相等。"

"是的，那当然，"我说，我决定不惹他生气，"您有没有注意到听得多么清楚？"

"是的，这样可以使聋子也能听到。"

"不过这密度一定会越来越大吧？"

"是的，根据一条还不十分肯定的规律，它会越来越大的。我们越往下走，重量就会越来越小。你知道，物体在地球表面的时候，它的重量最大，到了地球中心，就没有重量了。"

"这我知道。可是由于压力增加了，最后空气的密度会和水的密度相等？"

"当然，只要在七百一十个大气压力下，它就会跟水的密度一样了。"

"如果再低一些呢？"

"再低，那么密度就会更大。"

"那么,我们怎么下去呢?我们要浮起来了!"

"我们可以把石子放在口袋里。"

"哼,叔父,您总是有话可以回答。"

我不敢再假设下去了,因为我一定会再碰到一些使教授生气的问题。

不过很明显,当空气在几千个大气压力下的时候,一定会变成固体,那时候即使我们的身体能吃得消,也无法再往前走而只能停住了,这时候世界上一切推理都谈不上了。

不过我没有把这一点说出来。叔父一定又会把他那位不朽的萨克奴姗提出来反驳我的。其实他举出这位前人是毫无意义的,用一件很简单的事就可以说明这位冰岛学者的旅行根本不是事实:十六世纪时,还没有发明普通气压计,也没有发明流体压力计,萨克奴姗怎么能断定他到达了地球中心呢?

但是我没有把这话说出来。我只是等待着,看会发生什么事情。

这一天的其余时间都在计算和谈话中度过。我经常赞同黎登布洛克教授的意见,并且羡慕汉恩斯那种平淡,他一点儿不考虑因果,命运要他到哪里,他就眼睛都不眨地跟到哪里。

第二十六章

只剩我一个人

应该承认一切事情还算顺利,我实在不应该再抱怨了。如果我们不再遇到更大的困难，那么我们会到达目的地。那时候将会得到多大的荣誉啊！我的看法开始和黎登布洛克教授一致了，真的。这个变化是不是跟我所处的奇怪的环境有关？也许是的。

有好几天，陡峭的斜坡有时直得可怕，这些斜坡把我们带到很深的地方。我们在某些斜坡上，一直向着地心前进了四到六英里。

在这些可怕的下降的过程里，汉恩斯的技巧和他一直动脑筋想出来的绝妙办法对我们有极大的帮助——的确，如果没有他，我们绝不能走过这些斜坡。

然而他一天天地变得更加沉默了。我甚至觉得我们也被感染了。外界的事物对我们的头脑起着很大的作用。如果有一堵墙把我们和外界隔绝了的话，人慢慢地就会变得没有思想，也不会讲话了。有很多囚犯由于长久不运用思想，即使不变成疯子，也成了傻子。

后半个月，没有什么值得记录下来的事发生，可是这时候发生了一件我永远不会忘记的事，而且我有足够理由不会忘记。

8月7日，我们不停地下降以后，终于来到了地下九十英里的地方，也就是说，在我们头顶上，有着九十英里高的岩石、海洋、大陆和城市。我们离开冰岛已经有六百英里了。

这一天，下面的斜坡相当缓和。

我走在前面，叔父提着一盏路姆考夫灯，我也提了一盏，我检查着花岗石的性质。我正要转身的时候，忽然发现只剩了我一个人。

"嗯，"我想，"一定是我走得太快了，或者是叔父和汉

如果没有汉恩斯,我们绝不能走过这些斜坡。

恩斯在什么地方停了下来。我一定要回去找他们。幸亏这里不陡峭。"

我开始往后走去,走了一刻钟,看看没有人,我大声地嚷,也没有人回答,我的声音在山洞的回声中消失了。

我开始感到着急,浑身一阵战栗。

"我一定要镇静,"我大声对自己说,"我一定能找到他们——只有一条路,而且我是在前面。所以我只得回去。"

我这样走了半小时,倾听有没有人的呼唤声。可是在这样密的大气里,声音传得很奇怪。这巨大的走廊里,显得特别安静。

我停住了。我相信不可能是我一个人在这儿。我希望只是一时迷了路,而不是走失了,因为一时迷路还可以重新找到正确的路。

"走吧,"我自言自语地说,"既然只有一条路,而且他们也走在这条路上,那么我一定会找到他们的。只要回头走就行了。他们看不见我的时候,他们可能没想到我走在前面,因而折回去了。只要我赶紧跑,我就能够追到他们的。一定能!"

我重复了最后几句话来加强我的信心。之后我又怀疑起来。我肯定是在前面吗?是的。我在前,其次是汉恩斯,再后面就是叔父。甚至于我还回忆到汉恩斯停下来调整了一下肩上的重物。当他这样做的时候,我就又开始前进了。

"此外,"我想,"在这个迷宫里,我有一位很有把握的向导,它就是一根不会断的线——忠实的泉水。我只好随着泉水往回走,这样就一定能找到我的伙伴。"

这个想法使我很愉快,于是我决定不再耽误时间,立刻往回走。

我感谢叔父阻止汉恩斯堵住泉水裂口的预见。这救命的泉水,它不但解了我们的渴,还将指引我穿过这曲折的坑道。回去以前,在这个泉水里清洗一下,我想对我是有益的,于是我蹲下身来,把头伸进"汉恩斯小溪"。

当我发现这里只有干的沙土时,你可以想象一下我的恐惧!我的脚下并没有泉水!

第二十七章

迷路!

我无法描写我的失望,人类的语言中简直没有一个字可以形容。我被活埋了,即将受着饥渴的煎熬死去。我那发烧的手摸着地上的土:多干啊!

然而我是怎样离开"汉恩斯小溪"的呢?现在它显然已经不在那儿了!无疑,当我刚走入这条歧途的时候,我没有注意到泉水已经不见。显然在这坑道中有一个十字路口,我选了其中的一条路,而"汉恩斯小溪"却随着另外一条反复无常的斜坡,把我的伙伴们带到下面不知什么地方去了!

我怎么能找到他们呢?我的脚在花岗石上没有留下脚印。我绞尽了脑汁想找出一条出路来。但是我的处境只有一句话可以形容:我走失了。

是的,走失了,在这深不可测的地底下走失了。这九十英里厚的地层沉重地压在我的肩膀上，我觉得快要被压死了。

我企图回想一些地面上的事，我费了很大劲才做到这一点：汉堡、科尼斯街的房子、我的可怜的格劳班，这一切在我的惶恐的回忆中很快地掠过。我的眼前出现了一幅幅幻象，我又看见了我们旅行中的种种经历：渡海、冰岛、弗立特利克孙先生、斯奈弗！我心想处在这样的情况下，如果我还存着一线希望，那我准是疯了，一个神志清楚的人应该感到绝望！

有没有办法使我离开这罩在我头上的巨大圆顶而重新回到地面上呢？谁能指引我一条路使我找到我的伙伴呢？

"啊！叔叔！"我绝望地喊着。

我只能说这两个字，我不能说其他责备他的话，因为我知道这个不幸的人一定也在寻找我，他一定感到非常难过。

当我看到我不可能得到任何人为的帮助，一点儿办法也没有的时候，我想到了上帝。我回忆起我的童年和我的母亲。我开始祈祷，我那么晚才想到求助于上帝，他不一定会听到我的祈祷，然而我还是热诚地祈求着。从祈祷中，我的情绪变得比较镇静，比较能够集中注意力来回想一下我的处境。

我还有三天的粮食，我的水壶也是满满的。尽管这样，我决不能一个人在这儿再待下去。但是我应该往上走还是往下走呢？

当然应该折回去往上走！永远往上走！

这样我就可以回到决定我命运的十字路口。那里有泉水的引导，我可以重新回到斯奈弗的山顶。

我怎么不早想到这一层呢？这的确是一线生机。目前最重要的就是寻找"汉恩斯小溪"。

如果我还存着一线希望,那我准是疯了,一个神志清楚的人应该感到绝望!

我站起身来，倚仗着我那根尖端包铁的棍子，开始抱着希望并且毫不踌躇地往回走，我也知道没有别的什么路可以选择。前半小时，并没有什么障碍。我想从坑道的形状、某些突出的岩石和地面的凹凸来认路，但是我没有看到任何特别的记号。相反，我很快看出了这条路不能带我回到原路：这是一条死路，我的前面出现了一道无法越过的岩壁。我跌倒在石头上了。

我无法描写我的恐惧和失望。我完蛋了——我的最后一线希望也在这个花岗岩壁上粉碎了。迷失在这个四面不通的迷宫里，我是注定要走上最可怕的死亡之路的。我开始产生了一种奇怪的想法，如果我那变为化石的遗体在这地下九十英里的地方被人发现，那一定会引起热烈的科学争论。

我想高声说话，可是只有沙哑的声音从我干燥的嘴唇里发出来，我站在那里喘气。

就在这个痛苦的时刻里，新的恐怖又袭击了我的精神。我的灯已经摔坏了。我没有修理的工具，灯光正在暗下去，不久就要熄灭了！

我眼看着由于灯丝上的电流逐渐减少而灯光慢慢暗淡下来。一列影子沿着坑道的岩壁经过。我不愿低下头去，因为怕失去最后这道正在消逝的光亮。最后只剩下很弱的一点红光，我一直注视着它直到最后。当它完全消失的时候，我被留在地球内部十分黑暗的地方，我发出了恐怖的喊声。

在地面上，即使是最黑的夜里，也不是一点点光亮也没有的，只是光很小、很弱罢了。然而不管它怎么小，人的眼睛还是能感觉出来。但是这儿却一点点光都没有。我是完全变成绝望的瞎子了。

我迷路了,站起来把手伸在前面困难地摸索着。我要逃出去。我加紧了脚步,在这困人的迷宫里一直往下走。好像一个穴居人似的在这地洞中奔跑着。我叫着,喊着,吼着,被尖硬的岩石撞伤,摔下去又爬起来,流着血,直想把头撞在某些障碍物上死去!

我这样发疯似的跑着,究竟会跑到什么地方呢?我不知道。几小时以后,我一点儿气力都没有了,我像死人似的倒在地上,失去了知觉!

第二十八章

声音

当我恢复了知觉,发现我的脸上被泪水沾湿了。我说不出我昏迷了多久——我没有办法知道。世界上没有像我这样孤独寂寞的!

我流了很多血,浑身都是血。我多么恼恨我还没有死去,还要遭受这种酷刑的煎熬!我不愿再想了。我把一切念头都驱逐出我的脑海。疼痛使我难以忍受,我滚到了对面的岩壁旁边。我觉得好像又昏过去了——这一次大概没有苏醒——此时一个很响的声音在我耳边掠过,仿佛是一阵闷雷。它的音波慢慢地在这深渊的远处消失了。

这声音是从哪里来的?一定是地底下发生了什么变化,是某种气体的爆炸或者某一部分地层坍陷了。

我仍旧倾听着,想听听刚才的声音会不会再响起来。一刻钟过去了。可是又静下来了,我不再能听到我自己的心跳声。

忽然我把耳朵贴近我靠着的岩石,我好像听到几个字的声音——模糊、不清、遥远。我浑身颤抖了一下,想道:"这是幻觉!"然而不——仔细一听,我的确听到喃喃的声音,但是我的神经太衰弱了,我听不清说的什么话。不过我能肯定有人在说话。

我忽然又担心这是不是我自己说话的回声。也许刚才我叫喊过而我自己不知道。我闭紧了嘴,又把耳朵贴到岩壁上去听。

我又挨近了几英尺,发现这样做,能听得清楚些。我听到低低的几个词,其中一个就是"迷路",这句话的语调很哀伤。

谁在说呀?显然是叔父和汉恩斯。可是如果我听得到他们,他们也能听到我。"救命啊!"我使尽了力气喊着,"救命啊!"

我倾听着,在黑暗中等待着一句回答、一声呼喊或一声叹息,然而什么也没有听见。几分钟过去了,我的脑海中涌出了许许多多想法。我想一定是我的声音太弱了,传不到我的伙伴们那里。

"一定不是他们,"我想,"这地下九十英里的地方还会有什么人呢?"

我再听着。我把耳朵贴在岩壁上,找到了能听到最响的声音的地方。"迷路"这个词又传到了我的耳边,我被隆隆的雷声惊醒。

"不，"我对自己说，"声音不是从岩壁传到我这里来的，它们一定是从坑道本身传过来的——大概是某种特别的传音的效果。"

我再听，这次清楚地听到我的名字，无疑是叔父喊出来的，显然是他在和向导说话，而这个"迷路"是汉恩斯叫出来的。

于是我明白了。我一定要沿着坑道说话，它会像铁丝传电那样把我的声音传过去。然而我一点儿也不能浪费时间——如果他们离开了这块特别的地方，那就不能传音了。所以我站在岩壁旁边，尽可能清楚地叫道："黎登布洛克叔叔！"

我极度焦急地等候着。声音传得不太快，而且这不断在增加着的空气的密度不能加快它的速度，只能增加它的强度。几秒钟又过去了，这几秒钟犹如几世纪，然后我听到："阿克赛，阿克赛，是你吗？"

……

"是的，是的！"我回答。

……

"可怜的孩子，你在哪儿呀？"

……

"就在这极黑的地方迷路了！"

……

"你的灯呢？"

……

"灭了。"

……

"阿克寨,阿克寨,是你吗?"

"泉水呢？"

……

"不见了。"

……

"阿克赛，我可怜的、亲爱的孩子，别灰心！"

……

"请等一会儿，我太累了，我还没有力气说话——你们对我说话吧。"

……

"振作起来！"叔父又说，"你别说话，听我说！我们在坑道里来来回回地找你，怎么也找不到。啊！我为你掉了不少眼泪，我的孩子。最后，我们以为你还沿着泉水走着，我也跟着下去，还开枪作为信号。现在我们借助于传音的效果，虽然可以彼此通话，可是我们的手还是碰不到一起。可是别失望，阿克赛。"

……

一线希望又回到了我的心里。有一点特别重要，我把嘴唇贴在岩壁上说：

"叔叔！"

……

"嗳，我的孩子。"不到几秒钟声音就传过来了。

……

"我们一定要知道我们相距多远。"

……

"那容易。"

……

"你有计时器吗?拿出来,叫我的名字,并且注意当时准确的是哪一秒。我一听见名字,我再重复一遍,你再看看声音传到你耳朵的时候,又是哪一秒。"

……

"好吧,声音的传达恐怕要占一半时间。"

……

"对的,叔叔。"

……

"你准备好了吗?"

……

"准备好了。"

……

"好,你注意,我就要叫你的名字了。"

……

我把耳朵贴在岩壁上。我一听见叫"阿克赛",立刻也回答了一声"阿克赛",然后等待着。

……

"四十秒。"叔父说,"所以声音传到这段距离需要二十秒。一秒钟传一千零二十英尺的话,二十秒钟可传两万零四百英尺,也就是不到四英里。"

……

"四英里!"我嘟囔着说。

……

"喂,这是很可能的距离。"

……

"可是我要不要上去或下去?"

……

"下去——我会告诉你为什么。我们现在还相隔很大一块空间,这中间有很多走廊。你现在待着的那一条肯定能把你带到我们这里,因为所有这些走廊都是从这里辐射出去的。所以站起来走,必要时拖着脚步走,从比较陡峭的斜坡上冲下来,不要因为你要走到最后才能找到我们而害怕。走吧,孩子,走!"

……

这几句话使我振作起来了。

"先再见吧,叔叔。我在路上可不能跟您说话了。"

……

"不能了,可是我们会相遇的。"

这就是我听到的最后几个字。我向上帝祷告了一下,因为是上帝的怜悯才把我带到这个能听见上面的对话的地方。

这种奇怪的传声现象可以用物理学上的定律加以解释,它是由地道的形状和岩石的传导率决定的。像这类的例子很多。我想起了有很多地方发生过这种传声现象。我曾经听说过伦敦的圣保尔教堂的低声坑道,特别是狄奥尼修斯[①]的耳朵——西西里的叙拉古的石坑,在石坑里一个地方发出的低语可以在另一个远地方

---

① 狄奥尼修斯(公元前430—前367):叙拉古的僭主。

清楚地听到,而且只有那儿能够听到。

从这些例子可以判断我和叔父之间并没有什么障碍,我只得沿着传声的小路走过去寻找他们。

这个下降的坑道也很陡峭。我拖着脚走,或者滑下去,最后发现自己以可怕的速度前进着,在我精疲力竭的情况下,我没有力气缓和我的速度。忽然我脚下的地裂开了,我发现自己从笔直的坑道里跌下去,头撞在尖硬的岩石上,失去了知觉。

第二十九章

得救

当我苏醒的时候,发现周围半明半暗,我正躺在厚毯子上。叔父注视着我的脸,看看是否还有活命的征象。我叹第一口气时,他捏着我的手;我一睁开眼睛,他就发出一声欢乐的叫声。

"他活了!他活了!"他喊道。

"是的。"我微弱地回答。

"亲爱的孩子,你得救了!"他叫道,用手臂抱紧了我。

他说话的语气以及表示的关怀使我深深地感动。一定要有这样的情况才能引起他真正的体贴。

这时候,汉恩斯过来了。他看见我叔父握着我的手,我敢肯定地说这时候他的眼睛流露出一种十分开心的神情。

"你好。"他说。

"你好,汉恩斯,好。"我嘟囔着说。

"嗳,叔叔,请告诉我现在我们在哪里?"

"明天再说,阿克赛,明天!今天你太虚弱了。我已经把你的脑袋包上了绷带,不要去动它。好好儿睡吧,孩子,明天你就会知道一切。"

"但是至少要告诉我现在几点钟了,今天是几号?"我又说。

"现在是晚上十一点,今天是8月9日,星期日,在10日以前,你就不要提问题了。"

我的身体的确非常虚弱,我不由自主地闭上了眼睛。我需要好好地休息一夜,于是我一边想着我一个人孤单单地度过了长长的四整天,一边就迷迷糊糊地睡去了。

第二天醒来的时候,我向四周看看。我那用旅行毯子铺成的床就设在可爱的山洞里。山洞装饰着钟乳石,洞底平铺着一层细砂。虽然这里没有灯没有火把,但仍然是半明半暗;几道奇特的光亮看来似乎是从上面穿过狭隘的洞口射进山洞的。我还听到飒飒的风声和浪涛的撞击声。

我怀疑自己究竟真醒着,还是继续在做梦——可能是我头部的创伤使我特别会瞎想。"可是不,"我想,"那的确是从岩石中间射进来的光,我也真听到波涛的撞击和飒飒的风声!我们是不是又回到了地面?叔父是不是放弃了这次远征,或是已经完成了全部行程因而回去了?"

我在默想这些不可解决的问题时,教授进来了。

"早,阿克赛,"他高兴地说,"我准备为了你是否好了些而打赌呢!"

我那用旅行毯子铺成的床,设在可爱的山洞里。

"当然，我好些了！"我回答，往上坐在毯子上。

"你应该好些了，因为你睡得很好。汉恩斯和我轮流照顾你，我们看你恢复得很快。"

"真的，我觉得我已经好了。您要是不信，我可以大吃一顿来向您证明！"

"你可以吃东西，我的孩子，你已经退烧了。汉恩斯在你的伤口上给你涂了一些很好的冰岛药，这药可以很快地治好你的伤口。他真是个可爱的家伙！"

他一面说，一面给我食物。不管他如何提醒我，叫我小心，我还是性急地狼吞虎咽。当时我向他提了一些问题，他都很快地回答了。

看来我这次无意的摔跌，正好把我带到了几乎垂直的坑道的尽端，当我随着那大批石子——即使其中最小的石子也足以把我打得粉碎——跌了下来的时候，他们断定有一部分岩石是和我一同滑了下来的。这可怕的一下子才把流血和昏倒的我送进叔父的手臂。

"真的，你居然能活下来真是怪事！"叔父对我说，"愿上帝保佑，让我们别再分开了。如果再分开，就可能永远不能见面了。"

"让我们别再分开！"这么说我们的旅行还没有结束吗？我惊奇地张大了眼睛。我的惊奇促使叔父问道：

"怎么回事，阿克赛？"

"我要问您：您说我现在很好？"

"是的。"

"我的四肢都完整无缺吗?"

"当然。"

"我的头呢?"

"你的头除了有些伤痕以外都很好。"

"可是我怕我的脑子受了影响。"

"为什么?"

"我们还没有回到地面?"

"当然没有。"

"那么我一定是真的疯了,因为我好像见到了阳光,听到了风声和波浪澎湃的声音。"

"哦,只是这个吗?"

"您不想解释吗?"

"我不能解释,因为这是无法解释的。可是你会明白的,你也会同意地质科学还是有值得学习的地方。"

"让我出去看看!"我叫着,一面很快地站起来。

"不行,阿克赛,不行!你不能吹风!"

"风?"

"是的,风相当大。我不能让你这样出去。"

"可是我告诉您,我真的完全好了。"

"再忍耐一下,孩子。你如重蹈覆辙,就要浪费时间了,浪费时间是很可惜的事,因为要渡过去是个很长的过程。"

"渡过去?"

"是的。今天完全休息,明天我们就要坐船了。"

"'坐船'这两个字使我非常兴奋。这是一条河还是一个湖呢?或者是一个海?里面是不是停着一条船?"

我的好奇心很强,叔父感到阻止我的好奇比放纵它更坏,所以他就让我穿上衣服。我为了表示特别小心,把自己裹在毯子里,离开了洞穴。

第三十章

"地中海"

起先我什么也没有看见。我的眼由于不习惯于光亮,自动地闭上了。当我又张开眼的时候,我又惊又喜地喊道:"海!"

"是的,"叔父说,"黎登布洛克海,我高兴地认为没有一个航海者可以和我争夺发现这个海的荣誉和拿我的名字来命名这个海的权利!"

这一大片水正是大湖或大海的起点,它一望无际。起伏曲折的海岸把优美的、金黄色的沙滩送给了澎湃的波浪,沙滩上全是原始生物的小贝壳。波浪的互相撞击发出了四周都被围住的空间所特有的奇特而响亮的声音;和风经常把轻轻的泡沫吹到我的脸上。在这个距离波浪六百英尺的微斜的海滩上,竖立着巨大的岩壁的壁脚,岩壁向上耸入眼睛所看不见的高处。有些壁脚延伸到海内,形成了被碎浪的牙齿啃嚼着的岬和海角。这是个真正的海,也有我们自己的海岸那样不定的外形,可是在方向位置上讲,却是很偏僻,而且荒凉得可怕。

由于一道奇特的光亮,我才能清楚地看到这一切景况。这不是日光的照射,也不是月亮发出的灰淡的光线。不——这道光亮的穿透性,它那震颤的发散、纯净而干燥的白色,它那股凉气,以及比月光还强的照耀力,显然指出了一个事实:有一个电源存在。它好像是一道永远不灭的北极光,照遍了这足以容纳一个海的大山洞。

我头上的圆顶——如果你喜欢,可以叫它天空——似乎是由面积很大的云,也就是移动和变化着的水蒸气所组成,这些水蒸气只要凝缩就能化为倾盆大雨。然而当时"天气很好",光线投射在很高的云层上,产生出一种奇异的景象。云彩间有很多阴影。在两片云朵之间,常常有一道很强的光,一直射到我们身上。但是这不是阳光,因为它没有热。这道光产生了十分萧条和凄惨的感觉。在这些云朵上面,我所感觉到的不是发出星光的天空,而是花岗石的圆顶,它的重量压倒了我的精神。不管空间多大,它却不如天上星际最小的空间。

我们的确被关在地球的大洞里面。我们不能断定它的阔度,因为它变得越来越阔,阔到眼睛所能见到的地方,也不能判定它的长度,因为我们的幻想只能延伸到没有边际的地平面。高度一定有十英里或十英里以上。眼睛看不到花岗石的顶,可是在那里,至少在两英里的高处有云出现。这些云比我们所熟悉的大多数的云还要高,这可能是由于空气的密度特别大。

"出洞"这两个字显然不足以形容这一块广阔的空地。对于一个到地底的深渊里冒险的人,人类的语言已经不够用了。

我不知道地质学上有什么原理可以解释这个巨大的山洞的存在。是不是地球上的寒气造成的?由于平日的阅读,我对于地面

在这样巨大的自然物面前,我的想象力已不能胜任了。

上那些著名的山洞十分熟悉，可是它们的广度不能和这些相比。譬如说，美国肯塔基州的大钟乳洞在比例上讲是十分巨大的，它那在深不可测的湖上的圆顶高达五百英尺，旅行者沿着湖走了三十多英里，仍未到达尽头。然而那个山洞怎么能和我目前正在仰望着的、圆顶上布满了云朵、发着电光、底下是一片大海的山洞相比呢？在这样巨大的自然物面前，我的想象力已不能胜任了。

我低头静静地思索着这些奇观，找不出能表达我的感觉的字眼。我仿佛正腾空处在远地的行星，如天王星和海王星之间。为了描写这些新的经历，就需要新的字眼，但是我想不出来。我看着，想着，惊奇而并非毫不恐惧地仰望着。

这幅不可想象的景象，使我的脸颊上重新泛起了健康的颜色，我反而被惊异治好了。此外，这种浓密的空气把大量氧气带进肺部，很能使人振作起来。

不难想象，对于在狭窄的坑道中幽禁了四十多天的人来讲，呼吸到这种潮湿而含有盐分的风，是无限的安慰；所以我虽然离开了黑暗的洞穴，也没有理由后悔。叔父已经看惯了这些奇观，所以对于它们已经不再表示惊奇。

"你是不是感到身体已经健壮得可以稍微行走几步了？"他问我。

"是的，当然，"我说，"我就是想走走。"

"好吧，拉着我的胳臂，阿克赛，我们跟着曲折的海岸走。"

我赶紧表示同意，于是我们开始向着新海走去。左面陡峭的岩石重重叠叠，形成了又高又大的一堆。下侧翻腾着无数清澈而响亮的小瀑布。来自一块又一块岩石之间的轻飘而呈螺旋形的水蒸气，表明这是烫热的泉水。溪流静谧地向着共同的贮口流去，流下斜坡的时候，发出了悦人的潺潺声。

在这些泉水之间，我很清楚我们忠实的伙伴——"汉恩斯小溪"，它已经静静地消失在大海里面，仿佛在世界开始的时候就已如此。"将来我们再也得不到它的帮助了。"我叹了一口气说。

"唉，"教授说，"这条或者那条泉水，又有什么关系呢？"

我觉得这句话有点儿忘恩负义。

然而这时候我的注意力被一道预料不到的景色吸引住了。当我们环绕着陡峭的海角走的时候，我们看见在前面五百步的远处有一片高而密的森林。树的高度适中，远远看来呈现着规则的阳伞形，并且带着尖削的几何形的轮廓。大风似乎已经不能影响它们顶部的叶丛，它们仍然像坚硬如石的杉木那样不动地屹立着。

我赶紧跑到森林的近边，急着想知道这些特殊的东西的名称。它们是不是属于到目前为止所发现的二十万种植物中的一种？它们是不是在湖边植物中占一席特殊地位？当我们到达森林的浓荫下的时候，我认出了它们——这仍是地球上的植物，可是长起来就是巨大无比的一片。叔父立刻叫出了它们的名字。

"这真是蘑菇的森林。"他说。他没有错。可以想象当地的环境给这种喜爱温暖和潮湿的植物提供了多么有利的条件。这里有高达三四十英尺的白蘑菇，头部直径也有三四十英尺。这里的蘑菇数以千计，阳光达不到它们下面的土地，因此它们的头部

"这真是蘑菇的森林。"

下面是一片漆黑。这些蘑菇聚集在一起,仿佛非洲城市里的圆屋顶。

我坚持继续往前走。这些肥胖的圆顶下面冷得要命。我们在这潮湿的浓阴里游荡了半小时,当我重新回到海岸的时候,实在感到松了一口气。

这个地下国家的植物不限于蘑菇。还有一簇一簇灰色叶丛的各种别的树木。它们很容易认出来,因为它们就像我们那些长得极大而比较低级的植物——高达一百英尺的石松植物、巨大的封印木、和北方松树一样高的桫椤,还有带有圆筒形分叉状的茎、枝端有长叶、到处都是粗毛的鳞木。

"惊人!顶呱呱!好极了!"叔父嚷道,"我们在这里遇到了地球上的第二时期——过渡期——的植物。这些就是我们的比较低级的植物,它们在古代就是树!看,阿克赛,看啊!一个植物学家从来没有像这样饱过眼福。"

"对,叔叔。上帝似乎曾经把这些科学家成功地根据它们的遗骸复制成的古代植物保存在这个巨大的温室中。"

"这的确是个温室,孩子,我想你应该再加上一点,这也是动物展览。"

"怎么说?"

"你看我们现在踏着的这些灰——这些分散在地上的骨头。"

"骨头!"我喊道,"是的,它们是——古代动物的骨头!"我赶紧跑到这些由不灭的物质——磷酸钙——组成的原始时期的动物遗体旁边。无疑,我是知道这些巨大的骨头的名称的,这些骨头像是枯树的躯干。

"这是乳齿象的下颚骨，"我说，"这是猛兽的臼齿，这是那些巨兽中最大的一种——大懒兽——的大腿骨。是的，这的确是动物展览，因为这些骨头肯定不是被搬运到这里来的，这些动物本来就生活在海岸上这些大树的树荫下。嗳，我还见到整个头颅。可是——"

"可是什么？"

"我不懂这个洞穴中怎么会有这种四足动物出现。"

"为什么不可能？"

"因为只有当灼热的岩浆被沉积地层代替以后，地上才有动物。"

"不错，阿克赛，要解答你的问题很简单：那就是这里的地层正是属于沉积地层。"

"怎么？在地底下这么深的地方会有沉积地层？"

"当然，这完全可以在地质学上得到解释：有一段时期，地壳是有伸缩性的，由于引力的关系而不断发生变化。很可能当它陷下去的时候，有一部分沉积地层被带到突然裂开的地罅中去了。"

"可是如果说古代的动物曾经生活在这些地下的区域里，我们怎么知道它们现在就不在这些黑暗的森林里徘徊，或者躲在这些陡峭的岩石后面？"

我一面这样想，一面害怕地从不同的方向往四周观察了一下，可是在这偏僻的海岸上并没有活的动物出现。我感到十分疲乏，所以跑去坐在海角的边缘上，波浪打在下面的海角上发出很响的声音。从这里我可以看见整个海湾，在曲折的海湾中间还可以看到一个小小的港口夹在角锥形的岩石中间。港口里的水面，由于吹不着风，水面平静得仿佛睡着了一样。这个港口还能容纳好几条游艇。我好像看到几条小船涨满了帆，顺着南风，从港口开出去。

然而这种空想很快地消除了。我们的确是这个地下世界里唯一活着的动物。风停的时候，比沙漠上更厉害的寂静笼罩着干燥的岩石，并且悬挂在海面上。这时候，我想穿过远处的大雾，揭开遮在这萧条的地平面上的幕幔。从我的嘴唇里提出了什么样的问题啊！这个海的尽头在哪里？它通向哪里？我们能看到对面的海岸吗？

叔父却并不怀疑。至于我呢，我一半想知道，一半又怕知道。

对着这些了不起的景色凝视了半小时以后，我们又沿着海岸的路，回到了洞穴。由于受了这些奇怪的思想的影响，我很快就睡着了，而且睡得很好。

第三十一章

木筏

第二天醒来，我完全恢复了健康。我觉得洗一个澡对我会有好处，所以我就跳进这个"地中海"，在里面泡了几分钟——它的确值得这样称呼，甚至于比地上真正的地中海更好。

回来时，我很想吃早饭。汉恩斯为我们这个小团体做饭，他

我在"地中海"里泡澡。

有水和火可以随便使用，所以他能多少改变一些我们早餐的样式。他给我们几杯咖啡，这种可口的饮料从来没有比这次更合胃口。

"现在，"叔父说，"潮水涨了，我不能失掉看潮的机会。"

"潮水？"

"当然。"

"月亮和太阳的力量，甚至于在这里也能施展？！"

"怎么不能啊？难道一切东西不完全顺从宇宙引力定律吗？这些海水怎么能作为这条普遍定律的例外呢？所以不管海面上有多大的大气压力，你可以看到它也能和大西洋一样地涨潮。"

这时我们站在海边，并且看到海里的波浪慢慢向着海岸逼近过来。"潮水开始上升了。"我说。

"是的，阿克赛，我断定潮水要上升十英尺左右。"

"多么了不起啊！"

"没有什么，这很自然。"

"您爱怎么说就怎么说，对我来讲，它的确显得了不起，我简直不能相信我的眼睛。谁能想象得到在这地壳里面会有海洋，而且它还有潮水的涨落，海面上还有大风和暴雨！"

"怎么不会有呢？有哪一条自然定律规定地底里不会有海洋呢？"

"除了地心热理论，我不知道还有什么定律这样规定。"

"那么到目前为止，达威的理论是正确的？"

"当然啰，而且地球的内部还可能有别的海和陆地。"

"是的——但是这些地方不住人。"

"我不明白——为什么水里没有出现一些不知名的鱼呢？"

"嗯，我们一条还没有看见过。"

"我们可以做一些线和鱼钩，看看是不是可以和地面上一样得到成果。"

"我们来试试，阿克赛，我们一定要搞清楚这些新地方的一切秘密。"

"可是从您的仪器上看，我们现在在哪里，叔叔？"

"从地平面来讲，我们现在离冰岛一千零五十英里。"

"有这样远吗？"

"我肯定误差不会超过一英里。"

"从罗盘上看，还是向着东南方前进吗？"

"是的，至于倾斜度，我倒看到一些奇怪的现象。"

"什么现象？"

"罗盘的针并不是像在北半球那样向着极端下倾，而是相反地向上指着。"

"这是不是指磁极是在地面和我们目前所在的深处之间？"

"完全正确，如果我们是在极区的下面，在纬线七十度附近，也就是杰姆斯·罗斯[①]找到磁极的地方，我们就能看到罗盘的针垂直地向上指着，这是无疑的。而这个吸力的中心显然不在很深的地方。"

"的确如此，而这是一个科学几乎没有想到的事实。"

---

① 杰姆斯·罗斯（James Ross，1800—1862）：英国航海家。1831年，他第一个发现了地磁北极的位置。

"科学本身包含着很多错误，孩子，不过这些错误并不是坏事，因为它会慢慢引向真理。"

"我们目前在地下多深的地方？"

"一百五十英里。"

"所以，"我看看地图说，"苏格兰的山区就在我们上面，我们头上许多英里都是白雪皑皑的格兰扁山峰。"

"是的，"叔父笑着回答，"上面的地层要承受很大的重量，然而它的结构是很扎实的，宇宙的伟大建筑师曾经用了很好的材料。这个圆顶的半径长达九或十英里，圆顶的下面有海洋，海洋里还有大风浪翻滚着，和这个圆顶相比，地上大教堂里的中堂和拱门成了什么样子呢？"

"哦，我可不怕圆顶掉下来。叔叔，您有什么计划吗？您是不是想回到地面上去？"

"回去？！正相反，我却想继续前进，到目前为止，我的成果很大。"

"我可还不知道我们怎么样才能穿过下面这条水源哩。"

"我的意思不是头向着前面，先跳下水去。可是这个内部的海的周围，无疑是一片岩石。"

"是的，当然啰。"

"既然如此，我肯定能在对面找到新的下去的路。"

"您想这个海有多长？"

"可能有九十或一百英里。"

"哦。"我说着，心想这个估计可能完全是错的。

"那么别浪费时间了，我们明天就出发吧。"

我情不自禁地向周围张望,想看看有没有可以载运我们的船只。

"我知道,"我说,"可是船呢?"

"我们没有船,孩子,我们将有一只结实的好木筏。"

"木筏?"我喊道,"木筏和船一样难造,我并不觉得——"

"你不明白,我敢说,阿克赛,可是如果你注意听,你就能听到。"

"听到?"

"是的,斧子的声音就可以告诉你,汉恩斯已经在工作了。"

"造木筏?"

"是的。"

"什么!他已经把树砍倒了?"

"那不必要。来看看他的工作吧。"

走了一刻钟以后,在形成这个天然的小港的海角的另一边,我看到汉恩斯在工作。一会儿,我就走到他身边了。我大吃一惊:一只做好一半的木筏已经躺在沙滩上。这只木筏是用特别的木材做成的,沙滩上分散着许多横梁、曲角铁条和木架——足够造成一排木筏!

"叔叔,"我喊道,"这是什么木材?"

"松树、铁杉、白桦和各种北方的树木,这些树木由于海水的侵蚀,都已经含有矿质。"

"真的?"

"这就是surtarbrandur,也就是化石木。"

"那么它们一定硬得像褐炭一样,而且重得浮不起来了吧?"

"有时会这样,这些木头有时变成了煤;另外一些,就像我们看到的这些,只有一部分已经变为化石。你看——"叔父补充道,一面把一根宝贵的圆木掷进海里。

这块木头起先不见了,后来又升到波浪的表面,摇摇晃晃地漂浮着。

"你信服了没有?"叔父问道。

"我相信这是不可能的!"

第二天傍晚,由于向导的杰出的技艺,木筏完成了。这木筏有十英尺长,五英尺阔。化石木的横梁由坚实的绳索连在一起,构成了很牢固的一大块平面。这只仓促打造的船一下了水,就平稳地浮在黎登布洛克海的水面上。

第三十二章

航行的第一天

8月13日我们很早醒来。我们准备坐在这个轻快、式样别致的交通工具上出发。

拿两块桶板连在一起的桅杆、以另外一块桶板做成的帆架、用我们的毯子权充的帆——这些就是我们的装备。绳索并不缺少,一切都很齐全而令人满意。

六点钟的时候,教授下令上船。粮食、行李、仪器、武器和大量新鲜的水都放在木筏上。汉恩斯做了一个舵,好让他引导这只船。我放松了把我们系在岸旁的锚索,并且张开了帆,我们马上出发了。

我们一离开小港,对地理名称感兴趣的叔父就建议用我的名字给这个小港命名。

"如果您问我,"我说,"我想给它另外起一个名字。"

"什么名字?"

"格劳班港。在地图上看来,这名字会很惹人喜爱的。"

"就叫它格劳班港吧。"

今后,我心爱的姑娘的回忆就能和我们这次成功的远征连在一起了。

风从东北方吹来,我们在东北风前面极快地行驶着。很强的风对我们的木筏施加了相当大的力量,仿佛一把有力的扇子一样,推动着帆,使船前进。快到一小时的时候,叔父计算了一下速度。

"如果我们就这样前进,"他说,"我们这一天至少可走九十英里,不久就能到达更远处的海岸了。"

我不回答,只是走到木筏的前部。北面的岩石正向着地平线消失;左右两岸仿佛为了便于我们驶过,正在越分越开。我的眼前伸展着一片大海,大块的云投下移动得很快的灰影,看来似乎在这暗淡的水面压上了一个额外的重量。电灯的银光被浪花到处反射着,照得木筏的两边一点一点闪闪发亮。不久所有的陆地都在视线中消失了,一样固定的东西也看不见。我们的木筏上如果没有泡沫的痕迹,我会相信我们的船一直在十分平稳地行驶着。

中午时分，大团大团的海草浮在海面。我知道这种植物的多产是惊人的，它们生长在海底一万两千英尺以下、上有四百个大气压力的深处。它们往往聚合成团，足以阻碍大船的行进。我想我还从来没有见过像黎登布洛克海里那样巨大的海草。

我们的木筏行驶到三四千英尺长的黑角菜属海草附近，这一长条海草仿佛巨大的大蟒蛇伸展到我们视线以外的地方。注视着这些长得没有止境的海草团，我感到很愉快，往往想看到一个尽头。可是几小时以后，我的耐性还是得不到结果。

创造这种植物的是一种多么伟大的自然力量啊！在最古的时候，由于热和潮湿的作用而地球上只有植物称霸的时候，不知道是一幅什么样的景象！

夜色已经来临，可是正如我在前天观察到的那样，空气的光泽却仍未消失。这是一种恒常的现象，也许会一直这么保持下去。晚饭以后我摊开四肢躺在桅杆脚下，不久就睡着了，并且沉浸在甜蜜的梦乡里。

汉恩斯一动不动地掌着舵柄，使我们的木筏在风前行驶着。其实目前并不需要掌舵。

我们从格劳班港口出发以后，黎登布洛克教授就叫我开始写"海上日记"，叫我把观察到的一切细小事物和有趣的现象以及风向、速度、经过的路程，总之把这次新奇的航行中发生的一切事情，全记下来。

现在我要把这些按照事实忠实地记下来的日记抄在这里，以便大家更详细地了解我们的航行。

8月14日，星期五，刮着稳定的东北风。木筏航行得快而

海草仿佛巨大的蟒蛇伸展到视线以外的地方。

直。海岸大约已在九十英里以外。地平线上一无所有。光的强度不变。天气很好，云淡而轻，到处都是像熔化了的银子那样的白而发光的大气。温度表上指着三十二摄氏度。

中午，汉恩斯把鱼钩系在线上，拿一块肉当作鱼饵，然后放进海里。两小时之内他什么也没有钓到。后来感到线上动弹了一下，汉恩斯把线拉起，线头的鱼钩上钓着一条用力挣扎的鱼。

"一条鱼！"叔父喊道。

"这是一条鲟鱼，"我接着喊道，"一条小鲟鱼！"

叔父仔细检查了这条鱼，并且作了不同的结论。这条鱼的头部平而圆，身体的前部都是骨盘；它的嘴里无牙，身上有很发达的胸肌，可是没有尾巴。这条鱼肯定属于博物学家们定名为鲟鱼的那一族类，可是在主要的地方又与鲟鱼不同。

叔父并没有不知所措。他又看了一会儿说：

"这条鱼属于灭绝了很久的族类，在泥盆纪地层中只发现了它的化石。"

"什么？！"我说，"难道我们找到一个在原始的海里过活的居民了？"

"是的，"叔父一面说，一面继续观察，"这古老的鱼与现在的鱼完全不同。能发现这些动物里的一种，而且又是活的，对于博物学家来说真是一件快事。"

"那么它属于哪一类呢？"

"属于硬鳞鱼系、楯头鱼族，至于类，那是……"

"什么？"

"翼鳍类，我敢起誓。这种鱼有一个特点，凡是地下水里的鱼都有这个特点。"

"什么特点？"

"是瞎眼！"

"瞎眼？！"

"它不但瞎眼，而且根本就没有视觉器官。"

我看着——再也不能说出什么来。可能这是特殊情况，所以鱼钩上放了鱼饵，又掷了出去。肯定这是一个多产的海洋，因为两小时之内我们又钓到大量翼鳍类的鱼以及其他已经绝种了的鱼——双鳍鱼。叔父也说不出这种鱼属于哪一类，所有的鱼都没有眼睛。这种意外的收获有利于我们食物的补给。

我想，我们可能还会遇到科学家们曾成功地根据残存的骨头和软骨复制过标本的一些蜥蜴类动物。

我拿起了望远镜看着海。它显得很荒僻。我想准是我们太靠近海岸了。

我向上看着。不朽的居维叶①曾经复制过一些鸟的标本，为什么这种鸟不能在这沉闷的空气里运用它们的翅膀呢？鱼可以供给它足量的食物。不，空气里和海岸上似乎是同样地没有生物。

然而我的幻想把我带到了古生物学的奇妙境界，我也沉迷在白日梦里。我梦想在这些水面上看到巨大的象龟——像浮着的岛一样的古代鳖鱼。在昏暗的海岸上，我似乎看到神经麻木的棱齿兽——躲在岩石后面的巨大的貘，准备和无防兽抢肉食。无防兽是一种和犀牛、马、河马以及和骆驼有密切关系的怪兽。巨大的

---

① 居维叶（Georges Cuvier，1769—1832）：法国博物学家。

阿克寮的白日梦

乳齿象摇晃着它的身躯，用它的长牙撞着岩石。大懒兽蜷缩着四肢在地上掘土，它的咆哮激起了回声。上面，原猿——第一只猴子——爬在险峻的高处。再上面，翼手龙用长着翅膀的爪子，像只大蝙蝠那样在稠密的空气里飞翔。更上面，比食火鸡还强有力、比鸵鸟更大的巨鸟展开着宽大的翅膀，把头碰撞着花岗石的顶面。

这些化石的整个世界又在我的幻想里复活起来，我的幻想又回到了上帝创世纪的时代，也就是人类诞生以前很久，那时候这个不齐全的世界还不是为人类准备的。当我回想起过去各个时代——哺乳动物消失了，然后是鸟，再后是鱼、甲壳动物、软骨动物。几百年就像几天地掠过了。过渡时期的植形动物也化为乌有。地球的热本身增加着，而且比从太阳那里得到的热更大；植物长得很大，我像鬼一样走过桫椤，身体靠着巨大的针叶树的躯干，并且在高达一百英尺的石松荫下休息。

这时候，植物本身不见了，花岗石失去了坚实性，表面的水沸腾了，地上充满了水蒸气。现在地球本身就是一团白热的、和太阳一样大而亮的气体！

在这个星云的中心，我穿过了星际空间，我的身体一直在分化开来，直到最后成为一粒轻得不可测量的原子，穿过这个火光熊熊的地球的巨大轨道之间的无限空间！

多么惊人的梦境啊！它把我带到哪里去了？我的手颤抖着，写下了这一切新奇的景物。我把一切都抛在脑后了，在我强烈的幻想中，我已经忘记了教授、向导和木筏——

"怎么回事？"叔父说。我糊里糊涂地睁大着眼睛盯着他。

"小心，阿克赛，你会掉下海去的！"这时候我觉得自己被汉恩斯紧紧地抱住。如果没有他抱住我，受了梦的影响，我一定已经掉进海里的波浪中去了。

"他疯了吗？"叔父大声说。

"什么事？"我这才清醒过来。

"你病了吗？"

"不，我刚才在瞎想，不过它已经过去了。一切都很好吗？"

"很好，风平浪静！我们走得很快。如果我的估计不错，我们很快就要靠岸了。"

一听这话，我站了起来，向前望去，然而我看见的仍旧是无边无际的水，和水相接的则是天上的云。

第三十三章

"这是什么？"

8月15日，星期六，海仍旧是那么单调，毫无变化，没有一点儿陆地的影子，水望不到边。

由于昨天胡思乱想得太厉害了，我的头还有点儿沉重。叔父并没有像我那样出神，但是他今天的脾气很不好。他戴着眼镜四处张望，交叉着两条胳臂，显出一种不耐烦的样子。我注意到黎登布洛克教授又像他的老样子，充满了焦急的神情。我把这件事也写在日记上了。我曾经冒了多大的危险，吃了多少苦，才使他有了一点儿人情味。但是当我的健康恢复以后，他的本性又显出来了。这会儿究竟什么事又惹恼他了呢？我们这次航行不是一切都很顺利吗?船不是以最快的速度前进着吗?

"您显得很性急,叔叔?"我说,通过他的眼镜我看见他一直向前看着。

"性急?不。"

"那么,不耐烦了?"

"任何人都很容易不耐烦!"

"可是我们现在航行得很快——"

"那有什么用?并不是我们的速度太慢,而是这个海太大了!"

我当时记得教授曾经估计这个海的长度大约是九十英里。我们已经航行了三个九十英里,可是南方的海岸还是看不见。

"我们目前并不是在下降!"教授重新又说,"这一切都是浪费时间——我走了这么远的路,并不是到这个池塘里来和大家一同划船的!"

他把我们的航行叫作一同划船,而把这海叫作池塘!

"可是,"我说,"由于我们是在跟随着萨克奴姗指明的道路走——"

"问题就在这儿。我们走的是不是他走过的那条路?他当初是不是也遇见过这个海,也从这儿渡过呢?我们当作指南的那条泉水会不会引错了路呢?"

"不过我们总不能后悔到这儿来。这一片奇观——"

"别对我说奇观!我有一个目的,一定要达到!"

我接受意见,让叔父独自咬着嘴唇去发急。汉恩斯要他的薪水,叔父数了三块钱给他。

8月16日,星期日,一切如旧。天气和昨天一样,只是风稍微有点儿凉意。我醒来第一件事就是看看光线怎么样。我一直担心天会变暗变黑。它还是那样:船影清楚地映在水面上。

这个海的确似乎是无边无际!它的大小一定相当于地中海或者大西洋——怎么不呢?

叔父为了测量水深,用一千二百英尺长的绳子系住了一把沉重的镐放进水去。碰不到底。我们拉住镐时有困难。当镐被拉起来的时候,汉恩斯指出铁上的痕迹,那儿仿佛被两块硬东西夹过一样。我看着他。

"Tänder."他说。

我听不懂。我回头看我叔父,他正在沉思。我不想打扰他,所以又回过头来看着汉恩斯。他的嘴张开又闭拢好几次,才使我明白了他的意思。

"牙齿!"我特别小心地检验了镐的铁把,惊奇地喊道。是的,这块铁上真有牙印。长着这些牙齿的颚骨一定曾经运用过巨大的力量!这是不是往昔的巨兽?是不是我昨晚的梦实现了?这些想法使我整天很紧张,只有到了晚上才平静下来。

8月17日,星期一。我正在设法回忆侏罗纪动物的特点。大地在侏罗纪时期似乎整个属于爬虫类。它们的结构和体力是多么巨大啊!目前最大和最可怕的蜥蜴、短鼻鳄鱼和鳄鱼已经大大地变小了,成为它们早期祖先的缩影。

当我想到这种怪物的时候,不禁打了一个寒噤。它们在人类出现以前几十万年的时候,生长在地球上,现在没有人看见过这种活的蜥蜴。但是根据一位名叫赖斯的英国人在地里发掘出来的化石，可以了解它巨大的身体结构。

我在汉堡博物馆里曾经看到过这类蜥蜴的一个高达三十英尺的头颅。我是不是注定会面对面地再看见这种动物呢？当然不——可是——从镐上的牙印可以看出这些牙齿是圆锥形的，和鳄鱼牙齿一样！

我害怕地看着海，我怕从海里蹿出一条蜥蜴来。叔父似乎已经明白我的想法，因为他检验了铁镐以后，也对海洋仔细扫视了一番。

"他要测量水深的这种主意，"我自言自语地说，"真讨厌。那只海兽退缩的时候一定惊动了其他的海兽，如果我们的木筏受到袭击——"

我看看我们的枪，它们还都很好，我们可以拿去用。叔父表示同意。

水面上巨大的动荡已经说明水底下的骚动了。危险就在眼前。我们一定要注意。

8月18日，星期二。夜色正在来临，这也正是我感到睡意来临的时候。这个海洋上是没有夜晚的，那强烈的光亮使眼睛感到困倦，就像我们已经离开了的北极的夏天一样。汉恩斯把着舵。他守卫的时候，我睡着了。

两小时以后，我被一种巨大的震动惊醒了。木筏被一种无法形容的力量从水面上顶了起来，并且给推到一百多英尺以外。

"这是什么？"叔父喊道，"我们是不是触礁了？"

"我们是不是触礁了?"

汉恩斯指出在将近四百米以外的海面上有一大块黑色的东西不断地上升和下降着。我一面看着它，一面叫道：

"大海豚！"

"对，"叔父回答，"这是一个形状最异乎寻常的海蜥蜴。"

"再过去有一条巨大的鳄鱼！看看它那巨大的颚骨和几排牙齿！哦，它又不见了！"

"鲸鱼！鲸鱼！"教授喊道，"它是跳起来看看天空和水面的。"

的确，海面上掀起了两长排海水。我们被这一群大得异乎寻常的海兽吓昏了，海兽中最小的也可以用牙把我们的木筏捣毁。汉恩斯想使船顺着风向行驶，以便逃出这个危险的地点，但是他看见那边有着别的同样可怕的敌人：一条四十英尺宽的大鳖鱼和一条三十英尺长的蛇，蛇的巨大的脑袋伸出在水面上。

要逃出去是不可能的。这些庞然大物离我们越来越近了，它们绕着船迅速地转着，即使最快的火车也赶不上它们的速度。船被它们团团围住了。我拿起了枪，可是我很明白一颗子弹只能在这些海兽的鳞皮上打出个小伤痕罢了。

我们吓得闭口无言。它们正在靠近我们——一边是鳄鱼，另一边是蛇。这条蛇长达三十英尺，它那巨大的脑袋在波浪上探来探去。别的动物都已经不见了。我准备开枪，汉恩斯做手势止住了我。这两条巨兽在离我们大约三百英尺的地方游过去，正在彼此搏斗，完全没有注意我们。

这场战斗在五百英尺以外开始，我们可以清楚地看到这两条挣扎着的巨兽。现在似乎其他的野兽也来参加这场战斗，有海

豚、鲸鱼、蜥蜴、鳖鱼——我时常瞥见它们。我把它们指给冰岛人看，可是他摇摇头。

"两个。"他用丹麦语说。

"什么，两个？他说只有两条巨兽——"

"他说对了，"叔父戴起眼镜喊道，"其中一条巨兽有海豚的鼻子、蜥蜴的脑袋、鳄鱼的牙齿，把我们顶出水面的就是它。这是古代爬虫类中最可怕的鱼龙！"

"另外一条呢？"

"另外一条从鳖鱼的硬壳旁边伸出来的是蛇，它是鱼龙的死敌，名叫蛇头龙！"

汉恩斯是对的。只有两条巨兽在海面上搅得不可开交，现在在我眼前的正是古代海洋里的两大爬虫类。我看到了鱼龙的大得像人头的充血的眼睛。自然赐给它的视觉器官是巨大的，因而在海底生活，能够抵抗水的压力。它曾被正确地叫成蜥蜴类的鲸鱼，因为它的形状和速度都和鲸鱼差不多。估量一下，它的长度足有一百英尺，当它在波浪上面举起了笔直的尾鳍，我就能判定它的大小。它的颚骨很大，博物学家说它至少有一百八十二颗牙齿。

蛇头龙就是身体呈圆筒形的蛇，尾巴很短，四肢像桨。它的身上盖满了鳞壳，像天鹅那样可以伸缩的头颈在水面上一抬起就是三十英尺。

这些海兽无法形容地互相攻击着。它们掀起的像山一样的波浪，可以远远地打到我们的木筏，所以我们好几次几乎给淹没了。我们听到了响亮的嘶嘶声。巨兽彼此缠在一起，不再能单独辨认了，征服者的愤怒却令人胆战心惊！

一小时、两小时过去了,战斗还在进行,战斗者时而接近木筏,时而离去。我们一动不动,准备开枪。

忽然这两条海兽都不见了,水面上形成了一道真正的涡流。是不是这场战斗将在海底结束?可是现在一个巨大的脑袋向上仰着,这是蛇头龙的脑袋。这条巨兽已经受了重伤,我不再能看到它的大壳,可是它的长颈仍然抬起、落下、蜷曲、绕圈,像条巨大的皮鞭子那样打着波浪,并且像受了伤的蠕虫那样拧扭着。海水被溅到远处,打在我们的眼睛上,叫我们睁不开眼。然而死亡的痛苦不久便结束了,骚动消失,拧扭也停止了,最后长蛇在平稳的波浪上不动地躺着。

至于鱼龙,它有没有回到海底的洞里?它会不会再在这海面上重新出现呢?

第三十四章

阿克赛岛

8月19日,星期三。很幸运,大风把我们很快地吹离了战场。汉恩斯仍然掌着舵,叔父娱乐似的看完这场战斗以后,又是不耐烦地看着海。我们的航行又变得跟前几天一样单调乏味,但是与其像昨天那样经历那么大的危险,我情愿保持目前的样子。

8月20日,星期四。风向东北偏北,有时也变。温度很高。我们的速度是每小时十英里。中午时分,听到远处有一种声音——一种不断的低吼,我也无法解释这是什么吼声。

"是岩石或岛,"教授说,"浪涛在击打它们。"

汉恩斯爬到桅杆的顶上,但是看不见岩石。海洋和地平线合而为一。

三小时过去了,这声音似乎是远处的瀑布声。

我这样告诉叔父,可是他摇摇头。我还是觉得我对,奇怪的倒是我们究竟是不是在一直向着可以把我们带到深渊的大瀑布行进。我敢说喜欢垂直深入的叔父一定喜欢这种顺着瀑布旅行的方法,可是我还是更喜欢普通的水平前进方式。

不管怎么样,一定是由于某种好办法,才把这种很喧闹的声音传了过来,因为现在这种吼声已经能清楚地听到。它是否来自天空或大海?

我向上看看云,想穿过它们的深度。天空很静,高挂在圆顶上的云彩似乎一动不动,在这强烈的光亮里,它们已经失去了外形。显然,这问题要在别处才能找到解释。

这时候我注视着明朗无雾的地平线。它的外貌没有变化。然而这声音如果来自瀑布——如果这一大片海正在倾入较低的盆地,如果这隆隆的声音发自飞下的瀑布,那么应该有一股潮流指示着它,而且它那不断增加的速度会警告我们前面很危险。于是我掷出一只空瓶,可是看来并没有潮流——声音仅仅被风送出。

大约四点钟,汉恩斯起来,重新爬到桅杆上面。他向四周的地平线环顾了一下,最后他的视线停留在某一点上。他并不表示惊奇,可是他的目光盯住一处。

"他好像已经看到什么了。"叔父说。

"是的,我想是已经看见什么了。"

汉恩斯下来,然后指着南方说:"那边!"

"那边?"叔父重复了一遍。他拿起望远镜,仔细看了一分钟,这一分钟在我看来似乎是一世纪。

"是,是!"他喊道。

"您看见什么?"

"波浪上升起一条巨大的喷口。"

"又是一只海兽?"

"可能。"

"那么我们再使木筏往西些,因为我们已经尝够了这些古代巨兽的滋味!"

"不,一直往前。"叔父回答。

我转身看看汉恩斯,他却坚定不移地掌着舵。

可是,你如果能够在至少三十英里的距离看见被那只巨兽掀起的一排海水之壮观,可见它的大小一定是异乎寻常的。此时,最好立即溜之大吉,这种谨慎是最简单不过的常识。但是,我们到这里来不是为了保持谨慎啊!

我们往前行驶,却清楚地看到这个喷口越来越大。什么巨兽能吸进这么多水,然后再一下子就喷出来呢?

晚上八点钟的时候,我们距离这个喷口只有五英里了。这个黑暗而巨大的东西仿佛一个岛似的伸展在海里面。这是不是幻想或者恐惧——在我看来,它高达一英里多!它一动不动,看来似乎已经睡着,它并不是挺出在海面上,而是送起一排高达五百英尺的海水。我害怕得几乎想割断帆索,因为我不愿一直漂流到这个怪物的近旁。

忽然,汉恩斯站了起来,指着前面用丹麦语说:

"岛。"

"岛!"叔父大声笑着喊道。

"是不是那排喷出来的海水?"

"喷泉。"汉恩斯说。

"啊,无疑是喷泉,"叔父回答,"就像冰岛上的喷泉一样。"

最初我不相信我会弄出这样的错误,把一个岛误认为水里的动物。但是事实已经被证实了,我只好承认我错了。这仅仅是一座自然界的小岛,并不是什么水里的怪物。我们走近以后,真相就清楚了,虽然岛很像一条巨大的鲸鱼,这条鲸鱼的头伸出在波浪上面六十英尺高的地方。这个喷泉(在冰岛文中是"愤怒"的意思)的广度相当可观,在岛的一端升起。某些时候可以听到响亮的爆炸声,巨大的喷口碰到比较猛烈的暴风,摇撼了一下它那羽毛状的水蒸气,然后一直喷到较下层的云上。喷口只有这一个,附近既没有喷气坑,又没有热的泉水,火山的一切力量都集中在喷泉。天上的光和水里的闪光互相辉映,每一滴水珠都发出不同的光彩。

"我们上岸去。"叔父说。

然而我们不得不小心,以免碰到那喷泉水,否则我们的木筏就会立刻被淹没。但是汉恩斯熟练地把我们送到了岛的一端。

我跳上岸去,叔父很快地也跟着跳上去,汉恩斯却依然留在岗位上,显然不为好奇心所动。

我们走在夹杂着矽质凝灰岩的花岗石上,大地仿佛是充满了

"喷泉！"

高热的蒸汽的锅炉，在我们的脚下抖动着——热得像火烧一样。我们看到中央一块小的盆地，喷泉就从这块盆地上升起。我把温度计伸进沸腾的水里——一百六十三度！

这说明水是从热度很高的地方喷出来的。这跟黎登布洛克教授的理论正好相反。我立刻把这一点跟教授说了。

"是吗？何以见得？有什么证据呢？"他说。

"没有什么。"看到他竟这样执拗，我不愿再谈下去了。

在我看来，虽然我们到目前为止显然处在温度对我们有利的条件下，但是无疑我们不久就要到达热度超过一般限度的地区。

"我们将会明白的。"叔父说。他以他侄子的名字给这个火山岛命名以后，向我们表示再上木筏。我继续看着喷泉，注意到它的体积在不断变化，忽然增大，忽然缩小，我把这种现象归因于下面积聚着的水蒸气压力的变化。

这时候，我们重新张起帆，沿着南端直立着的岩石的岸边前进。在我们离开木筏的时间内，汉恩斯已经把它整理得很好。我注意到我们已经从格劳班港航行了八百一十英里，离开冰岛已有一千八百六十英里，正在英国的地底下。

第三十五章

风暴

8月21日，星期五。今天，那壮丽的喷泉已经看不见了。风力已经加强，很快地把我们送出阿克赛岛，隆隆的声音也慢慢听不见了。

天气——如果我能这样称它——似乎将要变化。大气里充满了带电的水蒸气，云很低并呈橄榄色；电光简直不能穿过显然正在上演暴风雨剧的剧场的幕布。

当时我就像一个即将遇到暴风雨的人一样恐惧。南方的积云显出不吉利和冷酷的样子。空气很沉重，海很平稳。

远处的云好像大包的棉花，它们慢慢涨大，变得较少较大。它们似乎重得升不起来，最后它们混合在一起，形成吓人的一大团。

大气里面显然充满了电。我全身都湿透了——我的头发好像被电架过了电一样立了起来。我似乎感觉到我的伙伴们如果碰着我，他们就会被电得跳起来。

早晨十点钟，暴风雨即将来临的迹象仍然比较明显，风正柔和下来，但只是想缓一口气。乌云层仿佛是个大洞，暴风雨就在里面孕育着。

我设法不想这些吓人的事，但还是不得不说：

"看来好像天气很坏。"

叔父没有回答。由于看到这个无边无际的海洋伸展在我们面前，叔父大为烦恼。他只耸耸肩。

"我们要遇到暴风雨了，"我一面把手向着地平线探出去，一面说，"云越来越低了，好像要把海压下去似的！"

当时是一片静寂。风变小了——大自然显得死气沉沉，已经停止了呼吸。帆沿着桅杆下垂着，木筏在这沉重而没有波浪的海面上一动不动。然而在这种情况下，为什么还把帆挂在上面呢？

这样如果一碰到暴风雨，我们就会完蛋。

"我们把它放低些，"我说，"并且把桅杆放下，这样比较安全。"

"不，不，见鬼！"叔父喊道，"就让暴风雨袭击我们，就此把我们带走！只要暴风雨能把我们带到岸边，我不管暴风雨是否会把我们的木筏打得粉碎！"

这几句话刚刚离口，南方的地平线上突然发生了变化，积在一起的水蒸气凝结成冰，从云层最远的尽头吹起来的风在狂吹着。黑暗不断加深，直到最后我连最简略的日记也记不成了。

木筏被掀了起来，向前跳去。叔父倒了下来，我赶紧爬到他旁边。他紧握着锚索，似乎在欣赏这个景象。汉恩斯一动不动，他那奇特的面孔叫人想起古代人的脸。

桅杆很好地屹立着，虽然帆涨得像即将爆炸的气泡。

"帆！帆！"我喊着，一面做手势要把它拉下来。

"不！"叔父回答说。

"不。"汉恩斯微微摇着头也说了一句。

大雨形成一道咆哮着的大瀑布，遮蔽了我们正在拼命地往那儿逃去的地平线。然而我们到达瀑布的时候，桅杆被雷电劈开了，响亮的雷声里夹杂着亮亮的闪光。水蒸气已经变得白热化，电子打在我们的工具和枪的金属上，发出耀眼的光亮。澎湃的浪头仿佛发着火光。

强烈的亮光使我目眩，我的耳朵被雷声震聋了。我不得不紧靠着像芦苇般弯下的桅杆。

……

"就让暴风雨袭击我们,就此把我们带走!"

(这里我的记录很不完整。我在这里只发现记录了几个粗略的观察。然而它们的简略和不连贯可以反映出我当时的心情。)

……

我们以无比的速度前进。

8月23日，星期日。我们被没法估量的速度带着前进——我们现在在什么地方？这一夜真可怕，不得安宁——风暴丝毫没有减弱，爆炸声此起彼伏，我们的耳朵在流血，一句话也无法交谈，因为根本听不见！

闪电继续着。我看见弯弯曲曲的小道先是往下，然后向上通到花岗石顶。如果它坍下来，那可怎么办？这时候出现了几个像炸弹一样爆炸开来的火球，可是闹声并没有增大，因为那种声音已经响得人的耳朵都无法辨明了。

云端里仍旧不断地闪射出电光。无数的水柱冲到空中，然后又轰然倒下，溅起一片水珠。

我们到什么地方去？……叔父直挺挺地躺在船艄。

天越来越热了，我看看温度计，水银柱指着……（数字已经看不清了。）

8月24日，星期一。这个海是不是就没有尽头了呢？气压为什么那么低？再不会恢复原状了吗？除了汉恩斯，我们都被疲乏征服了。我们仍然对着东南方向行驶，从阿克赛岛算起已经旅行了六百多英里了。

中午时候，暴风雨更激烈了。我们把一切东西都绑在木筏上，包括我们自己，并且让波浪在我们头上溅过。

整整三天，我们没法交谈一句话。我们张开嘴，掀动嘴唇，但是发不出能使人听得清的声音。即使凑着耳朵喊也听不清。

叔叔走近我，说了几个字。他好像是说"我们完了"，但是我不大肯定。

我写字告诉他："我们把帆拿掉。"叔父表示同意。

忽然在木筏附近出现了一个火红的球，同时桅杆和帆被卷到很高的地方，看起来就好像古代奇特的鸟——翼龙一样。

我们给吓得瘫痪了。这个半蓝半白、直径大约有十英寸的火球，以极快的速度在暴风雨的冲击下滚动着。它到处飘荡，落在木筏的一块木板上，在粮食口袋上跳动着，又轻轻地跳下，然后再弹起来碰着弹药筒。可怕！它要爆炸了！不，这明亮的东西离去了——在汉恩斯的身边飞翔，汉恩斯只是注视着它——然后又到叔父和我的身边徘徊。它在我的脚旁转动，我想走开，可是不可能。氮气的味道充满在大气里，使我们的肺部感到窒息。

我为什么不能拔脚后退呢？啊，我明白了，这个带电的球已经吸住了所有的铁器！仪器、工具和枪都摇撼着并且发出当啷当啷的声音，我鞋底的鞋钉牢牢地吸住了嵌在木头上的一块铁板。

最后，正当这只火球要来抓我的脚时，我用力把脚移开了——

啊，多强的光啊！这个球已经忽然变成无数道喷向天空的火光！现在一切都完了。我看到叔父四肢摊开躺在木筏上，汉恩斯仍然掌着舵，可是由于他浑身都是电，一直在吐火。

我们在往哪儿去？我们在往哪儿去？

……

汉恩斯浑身都是电,一直在吐火。

8月25日,星期二。我头晕了好久,刚刚恢复过来。暴风雨继续着——闪闪的光亮好像一条一条的蛇。

我们还在海上吗?是的,我们以一种无法计算的速度前进着。我们已经过了英国、英吉利海峡、法国,也许已经过了整个欧洲!

……

又听到新的声音——什么东西在冲击着岩石!可是这时候——

……

第三十六章

我们到哪儿去?

所谓"我的航海日记"写到这里结束,这次木筏虽然失事,我的航海日记却幸运地仍然保留下来。现在我重新开始我原来的叙述。

我们触礁的时候发生了什么,我不知道。只觉得我已经掉到海里去了,而我之所以没有死、我的身体没有粉碎在尖峭的岩石上,全亏汉恩斯有力的胳臂把我从深渊中救了出来。

勇敢的冰岛人把我带到热而多沙的沙滩上,我躺在叔父旁边,而叔父又跑回去看看他能从这次失事的木筏里面救出些什么。我讲不出话来,极度的紧张和疲倦使我全身都瘫痪了,我需要很长时间才能恢复过来。

雨继续下着,但是它也预告着暴风雨将要结束。我们在岩石下面躲雨,汉恩斯准备了一些食物,但我连碰都没力气碰。三天三夜没有合眼,我累坏了,我们都精疲力竭地睡着了。

第二天天气晴朗。天和海好像有默契似的都平静下来了。暴风雨的痕迹已经全部消失了,我被叔父欢乐的声音唤醒:

"喂,我的孩子,你有没有睡好?"

我觉得我们好像是在家里似的:我安静地从楼上下来吃早饭,我和可怜的格劳班的婚礼就要在当天举行。

唉!暴风雨为什么不把我们的船吹到东面,把我们带到德国,带到亲爱的汉堡,带到我最亲爱的人住着的那条街底下呢?如果这样,那么我们只相隔一百二十英里地了。不过这是一垛一百二十英里厚的从地面到地底的花岗岩壁!要绕过它,事实上得走三千多英里路!

在我回答叔父的话以前,这一连串痛苦的思绪很快地在我脑中掠过。

"啊!你不愿意回答我你睡得好不好吗?"叔父又说。

"好极了,"我回答说,"我还有点儿不太舒服,不过不要紧的。"

"完全不要紧,只是有点儿累罢了。"

"不过今天您似乎很愉快,叔叔!"

"高兴,我的孩子,高兴!我们已经到了!"

"我们的远征结束了?"

"不,不过是这个看来无边无际的海结束了。现在我们又能够下降而往地心进发了。"

"叔叔,我能提一个问题吗?"

"能,阿克赛。"

"好吧,我们回去的路程怎么样呢?"

"回去?!我们还没有到达目的地,你已经在想回去了!"

"我只要知道我们怎么回去。"

"那很简单。我们到达地心以后,或者找新的路回到地面,或者就从我们来的那条乏味的路上回去。我没有理由假想那条路会在我们背后闭住不通了。"

"那么我们一定要修理木筏。"

"当然。"

"可是我们有足够的粮食吗?"

"有,当然。汉恩斯是个能干的家伙,我肯定他已经把我们的大部分货物救出来了。我们去看看。"

我们离开了洞穴,我说不出我是在盼望还是在担心:我总觉得在我们这一次可怕的登陆过程中,船上的东西不可能会有一点点保留下来。然而我错了。当我走到岸边的时候,我看见汉恩斯正站在他整理得井井有条的许多件货物中间。叔父十分感激地握着他的手;因为这位忠诚无比的人,在我们都睡着的时候却一直在工作,他冒了生命的危险把最宝贵的东西救了出来。

我们也并不是没有遭到严重的损失,譬如我们的枪——可是我们还能想办法。弹药没有受到损失。

"好吧,"叔父说道,"我们不能再出去打猎了,这倒是真的。"

"那么仪器怎么样呢?"

"这是最有用的流体气压计,我们可以用它来测量深度,并且知道什么时候到达地心!否则我们会走过头,并且在正相反的地方出来!"他的愉快对我来说确实很凶残。

"可是罗盘呢?"我问。

"完全是好的,就在这岩石上面,计时器和温度计也那样。汉恩斯是个了不起的人!"

仪器的确全在那里,许多工具正放在沙滩上,有梯子、绳索、铁镐等。

不过还有一个粮食问题需要弄清楚。

"粮食呢?"我说。

"我们看看吧。"叔父答道。

装有粮食的箱子一排排地放在岸上,而且保存得很好。这些饼干、咸肉、干鱼和杜松子酒,还够我们吃四个月。

"四个月!"叔父喊道,"足够我们到达那儿再回来,旅程结束的时候,我要在约汉奈姆请我的伙伴们好好吃一顿!"

我现在应该已经了解我的叔父了,可是不知道为什么他还是能说出使我惊奇的话。

"现在我们要用石洼里的雨水来做饮料,所以不用担心口渴的问题。至于船,我要叫汉恩斯尽可能把它修好!尽管我猜想我们不会再用得着它了!"他说。

"这是怎么回事?"我惊奇地问道。

"这是我的设想,孩子。我相信我们不会从原路回去的。"

我将信将疑地看看教授:我怀疑他是不是疯了。可是他说话的神态一点儿不像精神失常。

"吃早饭去吧!"他又说。等他吩咐了向导以后,我跟着他走到一块高起来的海角上。那是我所吃过的一次盛餐，包括干肉、饼干和茶。饥饿、新鲜的空气、骚动以后的平静都使我产生了食欲。

早饭时我和叔父讨论了我们正在哪里的问题。

"似乎很难计算。"我说。

"是的，要准确地计算——事实上不可能。"他回答，"在这三天的暴风雨里，我已经不能记下速度和木筏行进的方向了。可是我们还能约略地估计一下。"

"嗳，上一次观察是在有喷泉的岛上——"

"阿克赛岛上，我的孩子。不要拒绝用你的名字来命名这从地球内部发现的第一个岛的荣誉。"

"很好，在阿克赛岛的时候，我们已经在这个海上渡过了八百一十英里，离开冰岛已经有一千八百多英里。"

"好吧——我们从那儿开始算，四天的暴风雨里面，我们每二十四小时所走的不会少于二百四十英里。"

"我同意。那么就是要加九百到一千英里。"

"是的，从黎登布洛克海的一岸到另一岸大约有一千八百英里！从大小上讲，这个海可以和地中海相比，你知道吗，阿克赛？"

"是的，如果我们刚才只是横渡了这个海，那更是如此！"

"这很可能。"

"另外一件奇怪的事就是如果我们的计算是准确的话，我们现在头上就是地中海。我们现在离开雷克雅未克大约有二千七百英里。"

"这是相当一段距离,我的孩子。至于我们现在是不是在地中海,或者还是在土耳其、大西洋的下面,我们只能根据我们的方向一直没有变这个假设来设想。"

"风肯定没有变过,所以我相信这个海岸是在格劳班港的东南部。"

"好吧,只要看看罗盘,我们就能一下子肯定了。"

教授走近汉恩斯放着仪器的岩石旁边。他愉快而高兴,摩擦着双手,像年轻小伙子那样装模作样。我跟着他走,很想知道我的估计准确到什么地步。

叔父走到岩石旁边,拿出罗盘,把它放平了,然后观察着指针。它先摇动了几下,接着由于磁力的影响便就位了。他凝视了一番,擦擦眼睛,再仔细看着。最后他手足无措地转过身来望向我。

"怎么回事?"我问。他表示叫我自己去看。我情不自禁地惊叫了一声。因为我们期望着对面是海,但指北针一直指着的是陆地!

我摇摇罗盘,可是没有用。风一定已经变过,而我们没有注意到,于是我们又回到了我们刚才离开的海岸。

第三十七章

人头!

我简直不可能描写震荡着黎登布洛克教授的一系列感情——惊奇、怀疑,最后是生气。我从来没有看到一个人起先吓了一跳,然后又激动起来。渡海的疲乏、遭遇到的危险——这些经历我们还要尝受一番吗?我们是不是在往后退,而没有向前进?

然而叔父不久就控制住了自己。

"这些就是命运用来玩弄我们的诡计!"他喊道,"一切因素都在和我们作对!空气、火、水联合起来阻挡我们!我不愿后退一步,我要看看人和自然究竟谁胜利!"

奥多·黎登布洛克被激怒了,显得咄咄逼人,他站在岩石上,就像埃阿斯①一样,仿佛在蔑视上帝。然而我很想出面调停,对他这股顽固的力量加以抑制。

"听我说,"我坚定地说,"世界上的野心应该有个限度。我们航海的装备太差了,一千五百英里的路程不是靠这几块破板,拿毯子当帆,随便找块东西作桅杆,而且在逆风的情况下所能完成的。我们不能航行了,我们被暴风雨支配着,再想颟顸地渡海是疯子的打算!"

大约有十分钟,我被允许倾吐这种反驳性的意见,这仅仅是因为教授丝毫没有注意我的话。

"上木筏!"他喊道。这是他唯一的回答,我想讲道理,恳求和生气都没有用。我只得比花岗石更坚定地行事。

汉恩斯刚用化石木修好了木筏。新的帆刚刚升起,风加倍地吹着。这位奇特的人好像已经了解了叔父的企图。

教授对他说了几句话,他马上把我们的货物搬上木筏,立刻准备出发。天气明朗,风从西北吹来。我能怎么办呢?我一人不

---

① 埃阿斯:希腊神话中围攻特洛伊城的勇士。

能反对两个人,汉恩斯看来是绝对听从主人的,所以我准备上木筏,可是这时候叔父用手把我拉了回来。

"我们要等到明天才能离开。"他说。

我做手势表示完全服从。

"我不能忽略这儿的任何东西,"他说,"因为命运把我驱逐到这块海岸上来,如果我没有对它勘探一番,我不愿离开。"

为了理解接下来发生的事情,我们必须记住,通过后来才了解的情况,我们当时并不在教授认为的方位上。事实上,我们当时并不在北面的海岸。

"我们就勘探一番吧!"我说。

我们留下汉恩斯继续干活,就出发勘探。波浪和山脚间的距离很阔,任何人都得花半小时才能到达山脚。我们的鞋底踏碎了无数个各种式样各种大小的贝壳——史前动物的遗迹。我也看到有时是五十英尺阔的巨大贝壳,这种贝壳都是古代某些野兽的,现在的鳖鱼不过是这些野兽的小小的缩影而已。此外,地面上的石头都是圆形的,层层排排地铺陈着。因此我断定海曾经淹没过它现在不能到达的这块地方。

为了说明地面下一百二十英里的这个海洋的成因,我设想从前一定有过一条罅隙,海水就从这条罅隙流下来,后来这个罅隙又被填塞了,否则这个大洞里面一定全部充满着海水。或者是这些水在地热的影响下已经大大蒸发,这就形成了我们头上的云和我们尝受过的带电的暴风雨。

当我把我们亲眼见到的现象用理论分析了一番,我感到满意。不管自然有多么玄妙,根据物理定律总是能得出一种解释的。

我们就在这块冲积成的沉渣土地上行走着,教授细心地观察每一条石缝。每发现一个裂口,他就要郑重其事地测量一下它的深度。

我们沿着海岸走了大约一英里,岩石的外貌忽然变了。它们好像曾经被下面险峻地隆起的地层替代过,许多地方都有断层的痕迹。

我们困难地在夹杂着火石、石英、冲积物的花岗漂砾上前进,忽然见到一块满是骨头的田地,或者应该说是平原。它令人感到这似乎是块宽大的墓地,里面有两千年来各种动物的遗体,而且一直伸展到地平线,才消失在云雾之中。在这块也许有三英里见方的土地上写着一篇古代动物史。

我们被极大的好奇心引向前方。我们的脚噼啪噼啪地踏在史前巨兽的遗体上——这正是我们许多大博物院正热烈争夺的稀少而有趣的遗物啊!要把那个巨大的洞穴里的骨骼拼成整体,一定需要许多个居维叶。

我惊呆了。叔父向着仿佛是天空的圆顶,举起了他那长长的胳臂。他咧开了嘴,眼睛在眼镜后面炯炯发光,他的头上下左右摆动着——他的全部表情都显出极度的惊奇。他面对着一批无价之宝,包括无防兽、奇特兽、乳齿象、原猿、翼手龙,这些宝贝全部堆在那里,任他欣赏。试想一位充满激情的书呆子忽然跑进了被阿慕尔烧毁但又被我们奇迹般地从灰烬里恢复起来的著名的亚历山大图书馆①,你就可以想象到我这位教授叔父此时的表

---

① 亚历山大图书馆是世界上最古老的图书馆之一,后来被战火吞没。据说,阿拉伯将领阿慕尔占领亚历山大城后,曾下令焚毁亚历山大图书馆中的古籍。

两千年来各种动物的遗体一直伸展到地平线,消失在云雾之中。

情了。

当他走过火山上的灰土,找到一个裸露的头颅时,他用颤抖的语调喊道:

"阿克赛!阿克赛!一个人头!"

"叔叔,一个人头?"我回答道。我的惊奇并不亚于他。

"是的,我的孩子。哦,密恩-爱德华先生![1]哦,德·加脱尔弗奇先生![2]你们为什么不和我一同在这儿!"

第三十八章

叔父的讲演

为理解叔父的这番呼唤,我们一定要说一说古生物学界一件十分重要的事,这件事在我们动身前不久发生。

1863年3月28日,在布契尔和保赛斯指挥下的几个工人,曾经在法国阿伯费叶地下四十英尺的石坑里,掘出一块人类的颌骨。这就是被带到日光下的第一块化石。在这附近还有石斧和削成薄片的火石。

这次发现不但轰动了法国,而且大大轰动了英国和德国。法兰西学院的许多学者,包括密恩-爱德华和德·加脱尔弗奇,都很注意这件事,他们指出了这副颌骨的无可辩驳的真实性,成

---

[1] 密恩-爱德华(Milne-Edwards):法国动物学家。
[2] 德·加脱尔弗奇(de Quatrefages):法国动物学家、人类学家。

了这件"颌骨案件"——根据英国人的说法——的最热心的辩护人。

英国有许多地质学家都相信这次发现,像福尔考纳、布斯克、卡本脱等。德国也有不少,我的叔父黎登布洛克就是其中最热心的一个。

所以这位第四纪人的化石的真实性看来是无可怀疑、十分肯定的了。

然而他们被爱里·德·布蒙先生有力地反对。布蒙先生认为发现有这块颌骨的地层不如大家假定的那样古老,而且那人并不和第四纪的动物共同存在。然而布蒙先生的意见无人支持,事实上自从我们离开以后,又有了新的发现:在法国、瑞士和比利时的某些洞穴的灰色松土下,发现了同样的颌骨,还发现了武器、食具、工具以及小孩、成人和老年人的骨骼,不过那时候我们当然不知道。这一切更加证明了第四纪时就有人类存在的说法。

不仅如此,人们还发掘出了一些第三纪时代的文物。这些文物不包括人骨,只是些带有人工刻成的细条纹的动物胫骨和大腿骨,却足以使一些大胆的学者更加肯定人类是在很古的时候就存在的。

于是一下子人类就被认为具有十万年的历史了。

以上所谈到的一些古生物学方面的情况,足以说明我们对待这黎登布洛克海里的骨骼所抱的态度。

到了这时候,叔父的惊奇和愉快就可以理解了,尤其当他又往前走了二十步以后,他发现自己面前有一个第四纪人的完整

一个第四纪人的完整标本

标本。

这是一个保存得很好的人的身体,我不知道这个人体究竟是由于有像保德的圣·米歇尔石窟里那种特殊的土壤,或者是用其他办法才保存得这么完整。无论如何,从这个人体摊开着的像羊皮的皮肤、盖满着肌肉的四肢以及显然很完整的牙齿、大堆头发、手指和脚趾上长长的指甲来看,它好像一个活生生的人展示在我们的眼前。

我在这个另一世纪的人面前变得哑口无言。一向说话滔滔不绝的叔父,现在也变成缄口金人了。我们把这个人体举起,贴在岩壁上。他从凹陷进去的眼眶里看着我们。我们用手打打他的胸膛,他就发出清亮的声音。

这时候,叔父又变成教授了,他忘记了我们当时的环境,忘记了我们是在一个巨大的洞穴里。他大概以为这是在约汉奈姆,在给他的学生上课,他竟以一种讲课的声调,对着他假想中的听众演讲起来了。他说:

"诸位,我很荣幸地给你们介绍一个第四纪人。有一些伟大的学者否定它的存在,有些却相反地对它加以肯定。不管怎么样,如果古生物学上的圣·多马①在这里的话,他们一定会亲手摸摸它,然后不得不承认自己的错误。当然,我明白,对于这一类科学上的发现,我们是应当非常谨慎的。我知道那些巴纳姆②一类的骗子曾经利用人的化石来大赚其钱。我也知道关于埃

---

① 圣·多马:耶稣十二门徒之一,他的特点是任何事情一定要亲眼看见了才相信。
② 巴纳姆:著名的美国大流氓。

阿斯的膝盖骨、被斯巴达人找到的奥莱斯特[1]的尸体以及布萨尼阿[2]所谈到的有五百厘米长的阿斯戴利[3]的尸体等传说都是靠不住的。关于十四世纪时在特拉巴尼[4]发现的所谓包利费姆[5]的骨骼和十六世纪时在巴莱姆[6]附近挖掘出来的巨人的报告，我全都看过。1577年在吕赛纳[7]附近也发现过一些巨大的骨骼，著名的费利克斯·柏拉特[8]宣称这是一个十九英尺高的巨人的骨骼。关于这件事的详细情况，诸位和我知道得同样清楚。据说1613年在陶非南[9]某沙地中发现过侵略高卢的山勃尔族和日耳曼族领袖的骨骼，这副骨骼的论文以及别人写的有关这件事情的回忆录、小册子、演讲稿、论文等，我毫无遗漏地全部看过。如果我生在十八世纪，那么我一定会反驳彼尔·冈贝关于亚当以前就有人类存在的说法。我也曾念过巨……！"

叔父在公共场合说话时常常会口吃，这回他的毛病又犯了。

"巨人……"他又说。

但是说不下去。

"巨……巨人……"

简直不行！这个倒霉的字怎么也不肯出来。如果真是在约汉

---

[1] 奥莱斯特：古代希腊王。
[2] 布萨尼阿：十一世纪时希腊地质学家及历史学家。
[3] 阿斯戴利：第四纪时的希腊学者。
[4] 特拉巴尼：西西里海港。
[5] 包利费姆：希腊神话中的独眼巨人。
[6] 巴莱姆：意大利地名。
[7] 吕赛纳：瑞士地名。
[8] 费利克斯·柏拉特（1536—1614）：瑞士医生。
[9] 陶非南：法国地名。

奈姆,人们一定会笑出声来了。

"《巨人论》。"黎登布洛克教授咒骂了几声以后,终于把这书名说出来了。

然后,他兴奋地滔滔不绝地继续讲下去:

"是的,诸位,这一切我全知道!我也知道居维叶和勃吕忙巴赫①曾经发现过所谓第四纪时期的象和其他动物的化石。这一切全是靠不住的。但是关于今天我所要谈的第四纪人却和过去的这些事完全不同。如果我们有丝毫怀疑,就是对科学的诬蔑。因为有尸体在这里做证。你们可以看到它,摸到它!这不是一副骷髅,而是一个完整的人体。它居然被保存下来,可以说就是为了帮助我们研究人类学吧!"

我尽力控制自己,不去驳斥他这个断言!

他接着说:"如果我把它放在硫酸中洗一下,就可以把附着在上面的土质和发亮的贝壳全部溶解掉,但是我没有这种宝贵的溶液。不过像现在这样保持它的原状,我认为更可以说明它本身的历史。"

说到这里,教授拿起尸体的化石,好像一个变戏法的人似的灵活地转动着。

"你们看到,"他接着说,"它的身高不到六英尺,所以绝不是所谓巨人。至于谈到它的种族,那么毫无疑问,是高加索人。跟我们一样,是白种人。它的头盖骨是整齐的椭圆形,两

---

① 勃吕忙巴赫:德国著名的自然科学家,人类学始祖之一。

颊和牙床都不突出。它毫无突颚类的特征。它的面角①差不多是九十度。我还要进一步说明：我敢说它属于分布在自印度直到西欧一带的印度-日耳曼人。不要笑，诸位！"

事实上并没有人笑，只是教授在作学术论证时，常常会看到人们脸上露出笑容，他对于这种情形太习惯了，所以总觉得有人在笑。

"是的，"他又说下去，兴致更高了，"这是一个人的化石，是一个跟古代巨象同时代的人的化石，而一副与古代巨象同时代的人的化石和一副古代巨象的骨骼可以把这个讲堂完全放满。但是关于它怎么会在地底下发现的，埋葬着它的那块地怎么会陷到这样巨大的一个地洞里去的，我却无法加以回答。也许是因为在第四纪时地壳的变动还非常多，由于地球的不断冷却而产生了许多缺罅、裂缝，因而使一部分地面陷到地底下去了。不过我不能肯定。总而言之，那里确实发现了人，他的周围还有许多人制造的东西，有斧头、有石器时代的燧石。所以，除非这个人跟我一样，是为了科学上的探讨而到那里去的一个旅行者，我深信人类是在极古的时代就存在的。"

教授讲完了。我热烈地为他鼓掌。他的话很有道理，比我更有学问的人恐怕也难以驳倒他。

还有一点需要补充：这种人体在这一大堆骸骨中并不是独一无二的，我们几乎每走一步就可以碰到一个。叔父可以任意挑选

---

① 从额到门牙差不多垂直的线和从耳到鼻的水平线所形成的角度叫面角。凡由于牙床突出而使面角度数改变的，在人类学上叫作突颚。——原注

一个最合适的人体,来说服那些不肯轻信的人。

这片墓地中这一大堆混杂的人骨和动物的骸骨的确构成了一幅惊人的景象。但是有一个很重要的问题我们不能解决,就是这些人和动物是死了以后才由于地震而陷到这黎登布洛克海的海岸上来的呢,还是他们根本就是生活在这里的?跟地面上的人一样,在这里生长和死亡吗?我们先前所遇到的海底怪物、鱼类,可都是活的!那么在这荒凉的地洞中会不会有活的穴居人呢?

第三十九章

这是人吗?

由于急切的好奇心,我们在这些尸骨上又走了半小时。这山洞里究竟有些什么稀奇的东西,有些什么科学宝藏呢?

好久以前,这海岸就在这堆满了尸骨的山后面。教授不怕迷路,带着我向前走,又向前走。我们静静地前进着,沐浴在一道道电光里面。电光分散得很均匀,照得每样东西的每一个面都一样光亮,这个事实我还是不能解释。电光不是来自固定的一点,而且也没有影子。一切的水蒸气都已不见,看来好像是赤道地区的中午,我们也仿佛是霍夫曼①小说中已经失去了影子的奇妙人物。

走了一英里以后,我们见到一片大森林的边缘,这不像格劳

---

① 霍夫曼(E. T. A. Hoffmann,1776—1822):德国浪漫派小说家。

班港附近的那种蘑菇森林。

这显示了第三纪植物的洋洋大观。不知属于目前哪一种类的高大的棕树、松树、水松、柏树、罗汉松,这里都有,这些树都被一大片密得不透眼的藤连在一起。地上全是苔藓和地钱。溪流在树荫下——如果能称为树荫——发出潺潺的声音,溪流的两旁长着和在我们的暖房里长得一样的桫椤。然而这些树、丛林和植物由于不见天日,看来都缺少颜色。它们的颜色都是褪淡了的棕色,树叶并不发绿。在这第三纪才初次出现的那么多花朵,也没有颜色和香味,仿佛是用漂白纸做成的。

叔父冒险走进这巨大的丛林,我也跟随着,并不是不觉得有些害怕。既然大自然在这里留下了这一大片可吃的植物,难道这里就遇不到什么巨大的哺乳动物吗?

在这一大片由于年代久远而腐朽的枯林中,我看到一些荚科植物、枫树、茜科植物以及上千种为反刍兽[①]所珍爱的小树。接着又出现了一大片杂生在一起的各种不同的树木,这些树在地球上是分布在各个不同地区的,譬如芭蕉树、澳洲桉树、挪威松、北方的枫树以及新西兰的杉树。在这里,地球上最高明的植物分类学家也会弄糊涂的。

我忽然停住,把叔父拉了回来。散发出来的光可以分清森林深处的各种东西。我想我看到——不,我的确看见树下有庞然大物在移动着!这真是一群乳齿象,不再是化石,是活的,并且像1801年在俄亥俄州的沼泽地带被发现了遗体的那些动物!我看见

---

① 反刍兽:指牛、骆驼等。

第三纪植物的洋洋大观

这些大象的鼻子在树下蜷曲着,好像大批蟒蛇一样。我听到它们的牙撕裂这些古树的树皮所发出的声音。树枝折断了,大批树叶被撕下并且消失在巨兽的大喉咙里。

前些日子我对史前时代的那些幻想,这下子可变成现实了!我们三个孤零零地在这洞穴中,生命全掌控在这些野兽手里!

叔父注视着。忽然他用胳臂抓住我喊道:"来!向前!向前!"

"不,"我回答,"不!我们没有武器!我们怎么能抵抗这些巨大的四足兽呢?没有一个人敢大胆地向它们挑衅!"

"没有人敢吗?"叔父压低了声音说,"你错了,阿克赛!看,看,那儿!我好像看到一个活的——像我们一样活的——人!"

我一面看,一面耸着肩,决定不轻易相信。然而尽管我不肯相信,证据却十分确凿。不到四分之一英里以外,一个人靠着一棵高大的贝壳杉,看守着大群的乳齿象!

看守野兽的人本身比野兽更大!

的确!更大!这不像我们在尸骨中发现了尸体的那种化石动物,他是能指挥这些巨兽的巨人。他身高二十多英尺。他那和水牛的头一样大的脑袋,一半藏在他那蓬乱的头发里——名副其实的鬃毛,和古代大象的鬃毛一样。他手里挥舞着一根巨大的树枝——对于这位古代的牧人来讲,是根道道地地的牧杖!

我们一动不动地呆住了。但是我们可能被发现。我们必须立刻跑掉。

"来,来!"我拖着叔父喊道,叔父第一次在我面前表示

"我好像看到一个活的——像我们一样活的——人!"

屈服!

一刻钟以后,我们看不见这个可怕的敌人了。

现在,在这些事情发生以后好几个月,我静静地想,它是人吗?不,不可能!没有一个人能在这地下世界生存,并且跟地面上的人毫无往来!不会的!这是荒谬的想法,荒谬到极点!

要说这是一种和人的形状相似的动物,是一种古代的猿,那我还比较相信。但是在古生物学的记载上却没有一种猿具有这样大的身材!不管它怎么不可能,它反正是个猿,是个猿,我告诉你,绝对不是一个人!这里从来不会有人!

我们在极度的惊惶中终于走出了这片明亮而死寂的树林。我们情不自禁地奔跑着,就跟做噩梦时那种可怕的奔跑一样。我们不由自主地又朝黎登布洛克海跑去。我的神经慌乱到极点,不可能冷静地考虑我们应当采取什么比较现实的措施。

虽然我很清楚我们是走在一片从未到过的土地上,但是我常常看见一堆堆和格劳班港那边形状相似的岩石。有时候简直分不清。泉水和瀑布从某些突出的岩石上流下来,这一切都使我似乎又看见了我们的"汉恩斯小溪"以及我那次在里面从昏迷中苏醒过来的那个洞穴。当我们再走过去几步的时候,山壁的形状、一条刚出现的泉水以及一块引人注意的岩石的侧影,使我更加怀疑起来了。

教授也跟我同样地疑惑。他嘴里喃喃地在说着什么话,我知道他也搞不清这究竟是什么地方。

"显然,"我对叔父说,"我们并没有回到我们原来离开的地方,可是如果我们向着海岸走去,无疑我们会到达格劳班港。"

"如果那样，"叔父说，"最好回到木筏上去。可是你有没有搞错，阿克赛？"

"很难肯定，这些岩石都这么相像。然而在我看来，那就是海角，汉恩斯就是在这海角底上造木筏的。这里即使不是那个小港口，至少也很靠近它。"我一面说，一面观察着一个我觉得曾经见过的小湾。

"喂，那么，阿克赛，我们应该看看我们的一些足迹，我什么也没有看见——"

"可是我倒看见了！"我喊道，向着在沙上发光的一个东西跳去。

"在哪儿？"

"在这儿！"我回答，把刚拾起的一把匕首给叔父看。

"可不是吗！"他说，"是你带着的？"

"不，我没带。我想是您带着的吧？"

"据我所知，我没带。我从来不带这种东西。"

"我更不会带了，叔叔。"

"那真奇怪。"

"不，这很简单。冰岛人常带这种武器，汉恩斯一定是这玩意儿的主人，准是他掉在这海滩上的。"

"汉恩斯？"叔父摇摇头说。

然后叔父仔细地看着这件武器，郑重地说：

"阿克赛，这把匕首是十六世纪时的东西，来自西班牙。它不属于你，不属于我，也不属于我们的向导。"

"您是不是说——"

"看，刀口上有一层锈，不是一天、一年而是几世纪的锈！"

教授和往常一样变得兴奋起来，任由自己的想象力带着自己奔跑。

"阿克赛，"他接着说，"我们快发现什么重要的东西了！这把小刀留在这个沙滩上已经一——二——三百年了，在这地下海的岩石已经让它的刀刃形成一个缺口了！"

"可是它不会独自来到这里的！"我喊道，"一定是什么人比我们先到过这里！"

"对，准有一个人先来过。"

"哪个人——？"

"那个人用这把匕首刻下他的名字。他还想指出通向地心的路。来，我们找一下！"

抱着极大的兴趣，我们检查着高山，寻找可以通向坑道的最小的裂罅。

不久我们来到了海岸变得狭窄的地方。海一直向上延伸到作钮状突出的扶壁的脚下，中间大约只有六英尺。在这块突出的岩石中间，有一个进口通到黑暗的坑道。

那里，在一块花岗石板上有两个神秘的字母，被磨蚀了一半——勇敢而异想天开的旅行者姓名的两个首字母。

"A.S.，"叔父喊道，"阿恩·萨克奴姗！又是阿恩·萨克奴姗！"

第四十章

障碍

自从我们的旅行开始,我已经感到过许多次的惊讶,所以现在我自己认为不应该再觉得奇怪。然而这次看到了三百年以前刻在那里的两个字母时,我惊讶得几乎发呆了。岩石上不但明明刻着这位有学问的炼金术士的签名,而且我手里还拿着那曾经用来签这个名字的笔。除非我多疑得没有道理,我不能再怀疑这位旅行者的存在和他远征的真实性了。

当这些思想在我脑海里转动的时候,黎登布洛克教授一直沉迷在对阿恩·萨克奴姗的赞赏中。

"了不起的天才!"他喊道,"你毫不疏忽地为别人开辟了穿过地壳的几条路,你的同道们在这三百年之后还能找到你的足迹!到处刻着的你的名字可以促使旅行者有足够的勇气来跟随你。就在我们地球的中心,我们还能看到你亲手刻的字!嗯,我也要把我的名字刻在这花岗石上面。然而无论如何,你在你发现的这个海里所遇到的这个海角,要让后人永远知道它名叫萨克奴姗海角!"

我所听到的就是这一番话,或者类似的话,我也觉得叔父的热情使我更加热情了。我忘记了目前的旅途和归程上的危险。别人已经做的,我也要做。"往前走,往前走!"我喊道。

当我已经向着那黑暗的坑道跑去时,教授止住了我。一向容易冲动的他,这次保持着忍耐和镇静,并且他说:"我们先回到汉恩斯那里,把木筏带到这儿来。"

我并不是毫不犹豫地遵从了他的吩咐,而且很快就跑到海岸上的岩石中间去。

"您知道吗?叔叔,"我们走的时候,我说道,"我们一直是叨天之幸!"

"哦,你这样想,阿克赛?"

"是的,即使暴风雨也给我们指出了正确的道路。谢谢上帝!上帝把我们带回到这里,如果天气晴朗,我们一定还在后面呢。假若我们的船(指木筏)曾经碰到黎登布洛克海的南岸,我们会变得怎么样呢?那我们永远不会看到萨克奴姗的名字,现在一定是在岸上绝望地流浪着,找不到出口!"

"对,阿克赛,我们正在往南航行,可是我们却转了方向,向北来到了萨克奴姗海角,这个事实是命运注定的。然而在我看来,这已经不是惊奇不惊奇的问题了——我也无法解释。"

"好吧,那没有关系。更重要的是要利用这些事实,而不是去解释它们。"

"毫无疑问,我的孩子,可是——"

"可是现在我们还要往北去,我敢说我们要在瑞典、俄罗斯、西伯利亚的下面行进!那比在非洲的沙漠或者海洋的波浪下面好!"

"是的,在哪里都要比在这个平面的海上行驶好些,这个海不知把我们带到什么地方。现在我们要下去、下去、再下去!你知道我们现在距离地心也并不比四千英里多多少吗?"

"那算什么?"我喊道,"这些不值得谈!走吧!走吧!"

这次癫狂的会谈继续着,这时候我们又已经和向导在一起了。出发前的一切都已安排好——没有一件行李安放得不恰当。我们登上了木筏,挂起了帆,汉恩斯掌着舵,沿着海岸向萨克奴姗海角进发。

风的方向不是很顺,岩石时常使我们多走一些弯路,可是由于我们用那些铁棒撑着木筏,我们能在不到三小时,也就是大约下午六点钟到达我们可以上岸的地方。

我跳上岸去,仍然很着急,甚至于为了要消除后退的一切可能性,我还建议"破釜沉舟"。然而叔父并不赞成,并且轻轻地打了我一下。

"至少,"我说道,"我们要马上出发,不浪费一分钟。"

"对,我的孩子,可是我们先检查一下这条新的坑道,看看是不是用得着我们的梯子。"

叔父把鲁姆科尔夫工具都准备好。木筏停在岸旁,没人去管它。反正坑道的开口只在二十码以外,于是我们这一小伙由我带路,向着它跑去。

坑道的开口几乎是圆圆的,它的直径大约是五英尺。这条黑暗的坑道是从天然的岩石上挖出来的,洞眼是用从前曾经炸穿过它的爆炸物打出来的。下面的部分正好碰到地,所以很容易钻进去。

我们沿着平面的路前进,大约走了六步以后,我们被一个巨大的石块挡住了。

"这块倒霉的岩石,他妈的!"我看到自己被一个难以越过的障碍挡住,生气地喊道。

我们被一个巨大的石块挡住了。

我们从上下左右各个方向寻找过道，可是没有用。我大为失望，我几乎想否认这个障碍的存在。我弯下身来朝着石头下面张望，一条缝都没有。再看看石头上面，也是大石块。汉恩斯点起灯把岩壁都照遍了，还是找不出一条出路。

没有任何希望走过去。

我在地上坐了下来，叔父在石洞里大踏步走着。

"不，不，"我喊道，"这一定是在某种巨大的震动以后，或者是一种磁石的作用引起的地震使得这条路突然堵塞的。从萨克奴姗来到这里，到这条路被堵住，中间一定经过了好些年代。这里从前一定是一条火山岩浆经过的道路。你看这石顶上有一些年代不久的裂纹，好像是一只巨人的手划出来的，这就是被大石块撞出来的。这块石头一定是由于震动力太大才掉下来把这条道路堵住的。所以这个意外的障碍，萨克奴姗并没有遇到。如果我们不能把这块石头移开，我们就到不了地心！"

我也说起这样狂热的话来了！我变得和教授一样了。探险之神完全占有了我。过去的一切我全忘记了，对于未来则毫无畏惧。地面上的一切，无论是城市或乡村，汉堡或科尼斯街，甚至我的格劳班，对我都已不存在了！可怜的格劳班，她一定以为我即使到了地心，也永远不会忘记她的！

"好吧，"叔父说道，"那么我们就用锄和镐来开路，把这座岩壁推倒！"

"石块太硬了，用锄不行。"我说。

"那么就用镐！"

"但是岩壁太厚！"

"那怎么办呢?……"

"啊!我想起来了,用炸药!用地雷!把这挡路的石块炸掉!"

"炸药!"

"对了,只要把石头炸掉一部分就行了!"

"汉恩斯,来,动手!"叔父喊道。

冰岛人跑到木筏上,不久带了一把镐回来,他用镐凿一个小洞放炸药。这不是简单的事——他一定要凿出一个大得能够放五十磅火棉的洞眼。火棉的爆炸力要比火药大四倍。

我感到极度紧张。汉恩斯工作的时候,我急忙帮助叔父用放在亚麻布做成的细管里面的湿火药做成一条很长的引火线。

"这回我们可以过去了。"我说。

"这回我们可以过去了。"叔父重复了一遍。

半夜的时候,我们的地雷制成了。火棉全被放在岩洞口里面,引火线的一端通过坑道而悬在坑道的口外。一个火星就能使这股潜伏的威力引爆出来。

"明天。"教授说。

我不得不再等六小时!

第四十一章

往下走!

第二天,8月27日,星期四,是这段地下旅行的伟大日子。

现在想起这件事来,我的心仍不得不由于恐惧而跳动起来。从那时候起,我们的理智、判断力和机敏都不能发挥作用,我们仅仅成为地球威力的玩物了。

六点钟我们起身。我们要强行通过这花岗石地壳的时候到了。我要求得到点燃地雷的荣誉。点着了地雷以后,我不得不再跳上装载着我们行李的木筏,和我的伙伴们在一起。然后我们就驾着木筏离开海岸,以免遭遇爆炸的危险,因为爆炸可能不局限在岩石内部。

我们估计火星蔓延到火棉以前,引火线要烧十分钟,所以我还有足够的时间可以跳到木筏上。我希望完成我的任务,但情绪上也不是一点儿没有波动。

匆促地吃完饭以后,叔父和向导先上木筏,我还留在海岸上。我手里拿着一盏灯,以备点火之用。

"去吧,我的孩子,"叔父说,"马上就回到我们这儿来。"

"你可以放心,我不会在那儿玩的,叔叔。"

我跑到坑道开口处,点起了灯,拿住了引火线。

教授站着,手里拿着计时器。"你准备好了没有?"他喊道。

"我准备好了。"

"那么点火吧,我的孩子!"

我赶紧把引火线放进灯火,见到它开始发出噼噼啪啪的声音,然后跑回到海岸上。

"上木筏,"叔父说,"我们要把木筏推出去。"

汉恩斯用力一推,我们就出去了,我们发现离开海滩大概已有五十英尺。

这是惊心动魄的时候。教授注视着计时器的针。

"还有五分钟,"他说,"四分,三分。"

我的脉搏每半秒钟跳动一下。

"两分。一分。现在花岗山开路了!"

当时发生了什么?我想我并没有听到爆炸声。然而岩石的形状忽然在我眼前发生了变化,它们像一道幕幔似的打开了。我看到一个深不可测的无底洞,穿过海岸一直往下。海洋由于一阵震撼,海面上产生了巨大的波浪,木筏就在浪头上垂直地立了起来。

我们全都被掀倒了。不到一秒钟,漆黑代替了光亮。这时候我感到已经没有什么东西可以支持我们——这支持不是对我们的脚而言,而是指对我们的木筏而言。我想对叔父讲话,可是海水的吼声使我不可能说出来。

然而,不论黑暗,不论海水的吼声,不论惊异和不安的情绪,我对刚刚发生的事仍记得很清楚。

我们炸开的岩石的那一边,有一个无底洞。这次的爆炸使得有很多罅缝的岩石发生了一次地震,通向无底洞的路已经打开,海水像洪流一样注下,并且把我们一齐带走。我感到我们像被丢弃了!

一小时,可能是两小时就这样过去了。我们的胳臂相连,捏紧着彼此的手,以免被冲出木筏以外。每当木筏撞在岩壁上的时候,我们就受到猛烈的震动。然而这很少发生,我由此肯定这条

木筏在浪头上垂直地立了起来。

过道变宽了。

这显然就是萨克奴姗走过的小路,可是我们却不是仅仅在此"走"过,由于我们的轻率,把海水也一齐带着往下走。

当然这些想法是含糊而朦胧地钻进我的脑海的。当我们几乎急降般下坠的时候,我好容易才将这些思绪连在一起。从打在我脸上的大气的冲击来判断,我们走得比火车还快。所以要点亮一把火炬是不可能的,我们最后剩下的一支以路姆考夫线圈制成的电灯也已经由于爆炸而被摧毁了。

当我忽然看到我附近有一道光照亮了汉恩斯镇静的面容时,我感到很惊奇。有本事的汉恩斯点亮了一盏手提灯笼,虽然火焰颤动得几乎要熄灭,它仍然在一片可怕的漆黑里放出一些微光。

坑道肯定很宽,微弱的灯光不能立刻为我们把坑道的两边照亮。海水流过的下坡比美国最著名的急流还大,水面好像是用力射出去的一排水箭。有时涡流使我们的木筏转着圆圈。当木筏靠近石壁时,我让灯笼的灯光照在岩壁上。由于木筏在向前行驶,岩壁上突出的岩石看来似乎是被拉长而接成的一条条的线,我们也就好像被包围在这些线里面,由此我约略地知道了我们的速度。我估计我们一小时可以旅行九十英里。

我和叔父靠在折断了的桅杆上,惊惶地张望着。我们转过身去背对着风,以免在这超出人力的飞速前进中喘不过气来。

几小时过去了,情况没有改变。但是又发生了一桩意外,使情况更复杂了。

我想整理一下行李,但是发现它们大都丢失了,可能是当海水猛烈地向我们袭击的时候丢失的。为了弄清楚我们究竟还有多

我让灯笼的灯光照在岩壁上。

少东西,我拿着灯笼开始寻找。我们的仪器中,只剩下了罗盘和计时器。至于梯子和绳索的剩余部分,只有绕在剩下的桅杆上的一些绳子作为代表。镐一把也没有留下,最糟的是连一天的粮食也没有留下。

我开始在船上寻找,每条缝和每个角落都找遍了。没有!我们的全部食物只是一块干肉和几片饼干!

我呆呆地站在那里,不想弄明白这件事意味着什么。我不知道我担心的是哪一种危险。我们已经被这股不可抵挡的急流带进了无底洞,就算我们有够吃几个月甚至几年的粮食,我们又怎样从这无底洞中出来呢?死的可能性太多了,何必担心挨饿呢?也许我们还来不及挨饿就已经死了呢!

然而奇怪得很,饥饿的威胁竟使我忘却了眼前的危险。再说,我们也许能逃出这股急流而回到地面上去。至于怎样逃出去,我可不知道。我们会被带到什么地方去呢?不管它!即使只有千分之一的机会也还是一个机会,而饿死却是一件无法挽回的已经注定了的事实!

我想把这一切告诉叔父,让他明白我们所处的绝境,以及我们还能活多少时候。但是我控制住自己,不讲出来。我不愿叫他恐慌。

这时候灯光摇晃着,然后就熄灭了。燃着的灯芯已经烧完,所以我们处在无法驱散的一片漆黑里面。还剩下一支火把,可是无法点燃。我像个孩子一样,对着黑暗闭上了眼睛。

过了相当长一段时间以后,我从吹在我脸上的风觉察到我们前进的速度又加大了一倍。现在几乎像是在垂直地下坠。叔父和汉恩斯都用手紧拉着我。过了一会儿，我忽然感到了一下震动，木筏并没有碰到什么硬东西，可是下坠却停止了。一大股水往上升起，侵占了木筏的表面，我觉得自己已被淹溺——不能呼吸。

然而这突来的洪水不再延续下去。几秒钟以后，我的肺又在呼吸新鲜空气。叔父和汉恩斯紧抓着我的胳臂，我的胳臂就这样被他们抓破了。木筏仍然载运着我们三人。

第四十二章

我们的最后一餐

我想这是晚上十点钟。经过这最后一次的劫难以后，我的第一个发生作用的感觉器官就是耳朵。我感觉到安静已经代替了长久地充满在我耳朵边的海水的吼声。这时我听见叔父说：

"我们正在上升。"

"你这是什么意思？"我喊道。

"对，上升，上升。"

我伸出手碰碰岩壁，我又把手缩回，发现手上流着血。我们极快地上升着。

"火把！火把！"教授喊道。汉恩斯好容易才点着了它。由于我们在上升，火焰向下闪烁着，可是仍然发出足够的光，照亮了整个景象。

"和我想的一点儿不错，"叔父说，"我们是在一口直径不过二十英尺的狭窄的井里。水冲到洞底以后，重新上升了，要上升到它的水平线的高度。我们就被它一起带上来了。"

"带到哪儿去?"

"我不知道。不过应当做好准备,什么事都可能遇到。我们上升的速度我估计是每秒钟十英尺,也就是每分钟六百英尺,一小时就是十英里半。照这样的速度,我们可以很快地升到地面。"

"是的,如果没有东西阻挡我们,而且这口井有出口的话。但是假使这口井的一头是塞住的,倘若在水里的压力下,空气越来越被压缩,我们就要被压死了!"

"阿克赛,"教授十分镇静地回答,"虽然我们处在一个几乎绝望的境地,但还不是毫无生机,我认为会有生路的。我们随时有死亡的可能,但也随时有活命的可能。所以我们要准备好,以便利用一切逃命的机会。"

"我们该怎么办呢?"

"应当吃点儿东西,恢复体力。"

我一听见这句话,就惊惶地瞧着叔父。我终于不得不说出我不愿意说的话:

"吃点儿东西?"我重复了一遍。

"是的,不要耽误时间。"他用丹麦话对汉恩斯说。汉恩斯摇摇头。

"什么?"叔父喊道,"我们所有的粮食都没有了吗?"

"是的,这就是唯一剩下的———一块干肉三个人分!"

叔父瞧着我,他不愿意了解我的话的意思。

"唉,您仍旧认为我们能够得救吗?"我说。

我的问题没有得到任何回答。

一小时过去了,我开始感到饿得难受。其他二位也如此,可是我们中间谁也不愿意碰剩下的这些可怜的食物。我们仍然在迅速地上升,快得几乎使我们喘不过气来,仿佛有上升得飞快的气球牵引着我们。我们并不是感到冷得难受,相反,我们开始尝受到不断增加的温度——现在真有四十摄氏度。

这个变化意味着什么呢?在这以前,一切事情都是跟达威和黎登布洛克叔父的理论相符合的,气温一直没有增加。而现在,我所一直认为正确的那个地心热的理论是否要重新得到证明了?我们是不是将进入一个能使岩石全部熔化的高温环境中去了呢?我很担心,我对叔父说:

"如果我们不是被淹死或者压死、饿死,我们还是有可能被活活地烧死。"

他只是耸耸肩,又开始独自沉思。

一小时过去了。除了气温略有升高以外,情况没有任何改变。叔父终于打破了静默,说:

"嗯,我们还是作出决定的好。"

"作出什么决定?"

"是的。必须恢复我们的体力。如果我们想把这点剩下的食物慢慢地吃,以便使我们的生命延长几小时,那么我们就会永远疲弱无力,直到最后一刻。"

"不错,最后一刻,已经不远了。"

"如果我们听任饥饿来把体力消耗掉,那么万一有了活命的机会,万一必须采取行动的话,我们到哪里去寻找气力呢?"

"我们还是作出决定的好。"

"可是,叔父,如果把这块肉吃了,我们还有什么剩下的呢?"

"没有了,阿克赛,什么都没有了。但是如果你光瞧着它不吃,它会不会变得多起来呢?你说的是一个没有果断、没有毅力的人说的话!"

"难道说您还没有感到绝望吗?"我有点儿生气地说。

"没有!"教授有力地回答说。

"什么?!您相信还有机会逃得出去吗?"

"当然!我认为一个有意志的人在他的心还在跳动的时候,是不会失望的。"

什么话!在这种情况下说出这样话的人不是具有普通气质的人。

"那么您到底打算怎么办呢?"我问。

"把剩下的食物全部吃掉,来恢复我们的体力。这将是我们的最后一顿饭。最后一顿就最后一顿吧!至少我们可以重新成为一个男子汉了,这总比奄奄待毙强些!"

"好吧,那么我们吃吧!"我说。

叔父拿出那块肉和饼干,并且细心地分成三个等份,差不多每人分到一磅食物。叔父贪婪地大嚼着,可以说是狼吞虎咽了。我呢,虽然饿,却并不感到好吃,几乎一点儿胃口都没有。汉恩斯则吃得安详而有节制,一小口一小口不出声地咀嚼着,冷静地辨别着滋味——只有对未来的种种危险无动于衷的人才会这样冷静。汉恩斯找出半瓶杜松子酒,这使我恢复了一些生气。

"真好!"汉恩斯在轮到他喝一口的时候用丹麦语说。

"真好!"叔父重复了一遍。

虽然我们已经把最后剩下的食物吃掉,一线希望却又回到我的脑海里。当时是早晨五点钟。

人生来就是这样:在健康的时候不会想到生病时的痛苦;一旦吃饱了就很难体会挨饿的可怕;非得临到头上才体会得到。所以当我们吃了几块饼干和几口肉以后,马上就忘掉了刚才长久挨饿时的痛苦。

吃完以后,各人都在独自沉思。汉恩斯这位生在极西而具有东方宿命论的人在想些什么呢?至于我,我的思想不过是些回忆——回想起科尼斯街的房子、亲爱的格劳班和善良的玛尔塔,而震动着地球的巨大吼声现在在我看来,好像就是大城市里交通工具发出的声音。

叔父手里拿着火把,为了要计算出我们现在约略的位置,他一直观察着岩石的性质。这种计算,更确切地说,这种估计,只能得到一个大概的结果。但是一位学者总归是一位学者——当他能保持他的冷静的时候,黎登布洛克教授当然是一位不寻常的学者。

我开始听到他提起一些地质学上的名词,这些名词我也理解,不管我自己怎么样,我慢慢对这些名词也感兴趣了。

"火成花岗岩,"他说,"仍然是原始时代,可是我们正在上升——谁知道啊?"他一直抱着希望。他用手试探着那笔直的岩壁,过了一会儿,说道:

"这是片麻岩!云母片岩!好啊!我们目前是在过渡时期,

然后就是——"

教授想说什么？他能算出我们头顶上的地层的厚度吗？他有办法算出来？不可能，他没有气压计，也没有别的东西能代替。

当时温度不断上升，所以我汗流如注。这种温度只有钢铁厂熔炉中的温度才能跟它相比。我们三人全都不得不脱去上衣和背心。任何衣服只能成为累赘，即使不使人感到痛苦，至少也觉得不舒服。

"我们会不会一直上升到白热的熔炉里去？"当热度又增加了一倍的时候我喊道。

"不，"叔父回答，"那不可能！"

"可是，"我摸摸岩壁说，"这垛岩壁烫得像火烧一样。"

我的手紧接着又碰了碰水，赶紧又缩了回来。

"水在沸腾！"我喊道。

这次教授只用生气的手势表示回答。

然后一种难以克服的恐怖占据着我，我也无法摆脱。我感觉到一场不能想象的灾祸将要来临了。这种想法起初在我脑海中显得模糊不定，后来就变得很确切了。我想摈弃这种想法，可是它又顽固地回到了我的脑海。我不敢直白地把它表达出来，可有些无意识的观察肯定了我的这种想法。借助于火把的微光，我注意到岩石的脚下发生了奇特的震动。显然有什么事将要发生了，这其中，电、高温和这沸腾的水都将发生作用……我决定看看罗盘。

它已经疯了！

第四十三章

爆炸

是的,疯了!罗盘的针摇摆着,从一个方向急转到相对的方向,轮流指着罗盘上的每一点,仿佛它已经得了眼花缭乱的病症。

我从公认的定律知道地壳从来不处于完全静止的状态。化学分解、潮流、磁力等影响,都能造成经常的震动,尽管地面上的生物可能觉察不到这些震动。因此,单是这种现象不会引起我满脑子恐怖的猜测。

然而别的特殊事实是不容忽视的。爆炸的声音越来越强烈了,我只能把这些爆炸声和疾驰过马路的大批车子的声音相比。

这是连续的雷声。

当时受了这种雷电现象影响的疯狂了的罗盘证实了我的看法。罅隙一定会合拢起来,因此我们这些可怜的小东西一定会在罅隙可怕地合拢的时候,被压得粉碎!

"叔叔!叔叔!"我喊道,"我们完了!"

"什么新的可怕的事情?"他惊奇然而镇静地回答,"怎么了?"

"怎么了?看看摇撼的岩壁、火烫的热度、沸腾的水、一层一层的水汽、奇怪的罗盘针——这些全都是地震的象征!"

叔父微微地摇了摇头。

"地震?"他说。

"对!"

"我的孩子,我想你是错了。"

"什么?您不了解这些预兆吗?"

"不是地震。比地震好些,我想!"

"您的话是什么意思?!"

"爆炸,阿克赛。"

"爆炸?!我们现在是不是在活火山的喷口?"

"我想是的,"教授微笑着说,"这是我们所能遭遇的最好的事情。"

叔父疯了吗?他的话是什么意思?他怎么会镇静而微笑?

"什么?!"我喊道,"我们正处在爆炸的过程中!命运已经把我们赶到通向白热的熔岩、熔化的岩石、沸腾的水的路上!我们将随着大批岩石、雨般的灰土和火山岩烬,在火焰里被到处乱掷、摈弃、驱逐,并且被喷到空中!那就是我们所能遭遇的最好的事情?!"

"是的,"教授从眼镜顶部看着我,说,"因为这是我们回到地面的唯一机会!"

成百上千个想法在我脑海里很快地掠过。叔父的判断是正确的,而且完全正确,他正在镇静地预期着和计算着爆炸的可能性,从来没有比现在更显得若无其事和有信心的了。

我们仍然在上升,而且继续了整整一夜。声音变得更响,我几乎被窒息,我认为我的最后一小时即将到来,可是我的想象力却是反复无常,使我差不多在想入非非了。然而我还受着思想的

"因为这是我们回到地面的唯一机会!"

支配——我不能控制它们。

显然我们被爆炸性的震动揪了起来，木筏下面是沸腾的水，水的下面是一片包括岩石的熔岩，那些岩石从陷口里喷出来的时候，就向各个方向飞进。所以无疑我们是在火山的喷口旁边。

然而这次它不是死火山斯奈弗，而是一座正在大力活动的火山。我在诧异，这是什么火山？我们又会被喷到世界的什么地方？

当然是在北方的地区。罗盘在乱跳以前，曾经一直指着北方。自从离开了萨克奴姗海角，我们已经被带到北面好几百英里的地方。现在，我们是不是已经回到了冰岛的下面？我们是不是要从海克拉陷口或者冰岛其他七个火山之一的陷口出来？在那个纬线上面，在西面我们只能想到美洲西北岸的无名火山。在东面只有一个离斯毕茨保根不远、在詹迈扬岛上的艾斯克火山。我不得不瞎猜我们究竟在哪一个火山的附近。

拂晓时分，我们上升得更快了。在接近地面的时候，温度并没有降低，而是在继续增加。这是火山的影响。至于是什么力量把我们往上推的，我也搞清楚了：这股有好几百个大气压的巨大力量是积聚在地底下的水蒸气产生的。然而它使我们面临着难以估计的种种危险。不久，喷道的岩壁上出现了火红的影子，喷道看来正在变阔。在每一边我都看到了深深的凹路，仿佛巨大的坑道，冒着浓烟。这时候火舌发出噼噼啪啪的声音，并且舐着岩壁。

"看，看，叔叔！"我喊道。

"嗯,那些都是硫黄的火焰。爆炸的时候,没有什么比这更自然的了。"

"可是如果它们在我们周围合拢呢?"

"它们不会在我们周围合拢的。"

"假若我们窒息了呢?"

"我们不会窒息。现在喷道越来越宽了,必要的时候我们可以离开木筏,躲在裂缝里。"

"可是水呢?这正在上涨的水!"

"没有水留下了,阿克赛,只有一种黏性的岩流正在把我们往上带到陷口的口上去。"

水的确不见了,它让位给重而沸腾的岩浆。温度高得使人受不了,温度计上一定已经到达七十摄氏度了!我汗流如注,可是由于我们正在急速地上升,我们的确快要窒息了。

然而教授并没有实现他那离开木筏的主意,这倒也好。那几块随便拼在一起的木板给了我们一个立脚点,别的地方是找不到这样的立脚点的。

早晨快八点钟的时候,最后又发生了一次变化。我们忽然停止上升,木筏也一动不动地停住了。

"怎么了?"我一面由于这突然的停止而摇晃着,一面问道。

"暂时的停止。"教授回答。

"是不是爆炸完了?"

"我希望没有完。"

我站起来,想向四面环顾一下。或许是木筏暂时碰在岩石上，阻挡了火山的急流。如果是这样的话，木筏得赶紧挪开才是。然而现在情况并不如此，那一股灰烬和熔化的岩石流本身也停止上升了。

"火山爆发已经停止了吗？"我大声问。

"啊！"叔父露出他的假牙齿说，"别害怕，我的孩子，这种平静只是暂时的，它已经延续了五分钟，不久我们还是要出发的。"

他注视着计时器，不一会儿，他的话被证明是对的。木筏又开始移动，并且迅速而不规则地上升了大约两分钟，然后又停了下来。

"好，"叔父看看时间说，"不到十分钟它又要出发的。"

"十分钟？"

"对。这是一个间歇火山，它停歇的时候，就可以让我们喘一口气。"

没有什么比这更准确的了。到了规定的时间，我们又以极快的速度上升。我们不得不紧靠着木板，以免被抛出去。这时候压力又停止了。

对于这个奇怪的现象我想了很久，一直得不到满意的解释。不过有一点是很明显的，那就是：我们所在的地道并不是主要的喷火口，而是在主要喷火口的旁边，只是因为很靠近，所以也受到一些影响。

这样的情况发生了多少次，我说不上来。我所能肯定的就是：每次重新上升的时候，我们都是被一股不断增加的力量推上去，仿佛我们已经成为真实的抛射体了。停下来的时候，每个人都几乎喘不过气来。上升的时候,那火烫的空气夺走了我们的呼吸。我想如果我忽然发现自己正处在温度是零下三十度的北极区域,那该多好啊!我以丰富的想象描绘了北极地区的雪地,我也盼望着能在北极的冰地毯上打滚!然而我的脑袋由于不停地震动而慢慢发晕了。如果没有汉恩斯伸出胳臂帮助我,我的头颅会不止一次地碰在岩壁上。

所以我对于接下来几小时内发生的事情,记得并不清楚,我只模糊地感觉到连续不断的爆炸、地的震动以及传到木筏上的涡流的摇摆。在那如雨的岩烬里,木筏被咆哮的火焰包围着,随着熔岩浆的波浪而升降。来自大浪的一阵风吹起了这地下的火。汉恩斯的面孔最后一次在火光中出现,我这才理解到当一个罪犯被绑在炮口而且一开炮就可以把他的肢体在空中打得四分五散时的心情。

第四十四章

我们在哪儿?

当我重新张开眼的时候,我感到向导强壮的手抓住了我的腰带。他的另外一只手拉住了叔父。我伤得并不严重,只是表皮受了一些伤,全身震动了一下。我发现自己躺在离削壁只有几步路的山坡上,削壁下最微小的震动就能把我推开。当我由陷口的外坡滚下去的时候,汉恩斯把我从死亡中救了出来。

"我们在哪儿?"叔父问,他由于回到了地面而显出十分烦

"我们在哪儿?"

恼的样子。

向导耸耸肩,表示他无所谓。

"在冰岛?"我说。

"不。"汉恩斯回答。

"什么,不在冰岛?"教授喊道。

"汉恩斯一定搞错了。"我站起来说。

我们在这次远征中已经经历了无数件令人惊奇的事情,可是还有一件等着我们。在这北极的干燥的偏僻地区,我期望着能在这北极天的灰光底下,见到一块常年积雪的地带。可是正相反,我们目前是在一座山的半山腰,太阳正炙烤着我们。

我不想相信我的眼睛。可是我周身的曝晒却不允许我再怀疑。我已经半裸着身体从陷口里走了出来,过去我们渴望了两个月但是没有得到的光亮,现在就在我们的身边,而且到处都是大量的热和光。

当我的眼睛适应了这些光亮的时候,我利用了光亮矫正了我错误的想象。我至少敢肯定这是在斯毕茨保根——我可不是在开玩笑。

教授首先开口,他说:"这肯定不像是冰岛。"

"那么是詹迈扬岛了。"我提醒他。

"不,也不是,我的孩子。从它的花岗石山腰和雪顶来看,它不是北方的火山。"

"可是——"

"看,阿克赛,看!"

我们头上不超过五百英尺的地方,就是火山的陷口。每隔十分钟,随着很响的爆炸,陷口就喷出一排高高的火焰,夹杂着浮石、灰烬和熔岩。我感到山一上一下地起伏着,仿佛一条从巨大的鼻孔里不断向上喷出火和气的鲸鱼正在呼吸一样。在我们下面相当陡峭的山坡上,可以看到一层层爆炸出来的东西,伸展到七八百英尺的深度。山脚隐藏在一片规则的绿色树林里,从绿树林中我看出了橄榄、无花果和结满熟葡萄的葡萄树。

这肯定是不符合一个人对北极地区的观念的!

任何人的视线越过了这一块绿色地带,就会徘徊在一片美丽的海或者湖的水面上。海湖中间这块迷人的陆地,看来好像是一个直径并没有多少英里的小岛。东面是一个小港口,港口的周围有几所房子,港湾的中间躲着几条特殊种类的小船,浮在蓝色的水面上。再过去,多得像蚂蚁堆的几群小岛屿遍布其中。西面,远处的海岸显得就像地平线外面的圆圈。有些海岸上是具有优美轮廓的蓝色山脉。别的海岸上,更远的地方,有一个又大又高的圆锥体,圆锥体的顶上浮着一条烟雾。北面,一大片的水面在阳光下闪闪发光,到处露出桅杆的顶或者涨满的帆。

这种景色的出人意料,反而百倍地增强了它那惊人的美丽。

"我们在哪儿?我们在哪儿?"我再一次地嘟囔着。

汉恩斯冷淡地闭着眼睛,叔父不明白地注视着他。

"不管这是什么火山,"他最后说,"这里很热,爆炸还在进行,如果从火山里走出来,仅仅为了把头撞在岩石上,那是一件可怜的事情。让我们下去看看我们现在究竟在哪里。此外,我

景色的出人意料,反而百倍地增强了它那惊人的美丽。

快饿死和渴死了。"

教授当然不是一个深思熟虑的人。我却已经忘记了一切需要和疲乏,还想在这里再多待几小时,可是我不得不跟随我的伙伴一同走。

火山喷出来的石头形成了很陡峭的山坡。我们顺着火山灰烬、碎石滑下去,以躲开从远处看来好像一条条凶猛的蟒蛇的熔岩流。当我们下降的时候,我开始滔滔不绝地谈论着,因为我的想象力受到了很大的刺激,使得我说也说不完。

"我们在亚洲,"我喊道,"在印度海岸上,在马来半岛附近的群岛里面,或者就是在大洋洲!我们已经穿过了地球的一半,并且在另一头钻了出来!"

"可是罗盘呢?"叔父说。

"哦,罗盘!"我尴尬地说。

"按照罗盘来看,我们正在平稳地向北去。"

"罗盘针横躺着吗?"

"横躺着!不!"

"那么这是北极吗?"

"不,不是极,而是——"

这件事是无法解释的,我也不知道说什么好。

不管怎么样,我们正在走近那块远眺时显得那么美好的绿色树林。我被饥饿和口渴折磨着。两小时以后,我们很幸运地走进了一块可爱的地方,里面全是橄榄树、石榴树和葡萄树,这些看来都是公共的财产。此外,拿我们穷成这种样子来说,我们不打算过分的拘谨。把这些可口的水果挨在嘴唇上,并且咬着一整串一整串的紫葡萄，那是多么愉快的事啊！不远的地方，在惹人喜爱的树荫下面的草地上，我找到了一个新鲜水的水泉。我们把脸和手浸在新鲜的水里面，真是心旷神怡。

当我们享受着休息的各种欢乐时，一个小孩在两丛橄榄树中间出现了。

"啊，"我叫道，"这就是这块幸福的土地上的居民！"

他是个衣衫褴褛、满面病容的可怜孩子，显然由于我们的出现感到十分恐惧。的确，我们的身体是半裸着的，头发和胡须也都很蓬乱，我们肯定显得很不体面，除非这里是个强盗国，对于这里的居民来讲，我们可能成为恐怖的起源。

正当这个淘气的孩子准备逃走的时候，汉恩斯不管他乱叫乱踢，追上去把他拉了回来。

叔父尽量哄他，并且用德语问道：

"这座山叫什么名字，小朋友？"

这孩子没有回答。

"好，"叔父说，"我们目前不在德国。"

然后他用英语提出同样的问题。

这孩子还是不回答。我大感兴趣。

"他是个哑巴吗？"教授喊道。他很以自己的语言能力而自豪，又用法语重复了他的问题。

这孩子仍然默默不语。

"我们用意大利语试试。"叔父用意大利语开始问他：

"这是什么地方？"

"对，这是什么地方？"我着急地重复了一遍。小孩子什么也没有说。

"这孩子真讨厌!你回答不回答?"叔父叫着,他生气地拉着这淘气孩子的耳朵左右摆动,"这个岛叫什么名字?"

"斯特隆博利①。"这位小乡下人回答。他逃开了汉恩斯,穿过橄榄树,奔向平原。

我们不再管他。斯特隆博利!这意料不到的名字给我的想象带来了什么样的后果啊!我们正在地中海的中间,周围是古代神话中的景色,我们也正在风神控制着大风雪的那块圆形地带。东面那些蓝色的山就是卡拉布利亚山!南面远处的火山就是大而可怕的埃特纳!

"斯特隆博利!斯特隆博利!"我重复着说。

叔父用手势和话语给我伴奏,仿佛我们在合唱。

哦,我们完成了一次多么美妙的旅行啊!多么了不起啊!我们从一个火山里面进去,又从另外一个火山里出来,而这另外一个火山距离斯奈弗和世界边缘上的冰岛光秃秃的海岸有四千英里!我们这次远征却把我们最终带到了地球上最美妙的地方!我们从终年积雪的地方到了常绿区域,寒冷的北方灰雾换成了西西里的蔚蓝天空!

吃完可口的点心以后,我们又出发到斯特隆博利港口。把我们到达这个岛的经过叙述一番是没有什么意思的,迷信的意大利人一定会相信我们是从地狱里被掷上来的魔鬼,所以我们宁愿像船只失事的遭难者那样走过。这样不太光荣,可是比较

---

① 斯特隆博利:在西西里北部地中海里面。

平安。

路上我听到叔父嘟囔着说：

"可是罗盘——它的确指着北方！这怎么解释呢？"

"真的，"我藐视地说，"根本不去瞧它倒还省事得多！"

"这一定会使在约汉奈姆的一位教授感到丢脸，如果他不能为一种宇宙现象找出理由！"

叔父说完以后，半裸着身体，腰间缠了系有钱袋的皮带，眼镜戴在鼻梁上，他又变成了严厉的地质学教授。

离开橄榄林一小时以后，我们到达了圣·温赛齐奥港口。汉恩斯为他第十三周的服务索取了薪水。叔父把薪水如数给了他，并且和他热烈地握手。

那时候，即使他不和我们一样自然流露感情，至少他表现了一种最不寻常的感情——他轻轻地用指尖碰碰我们的手，并且微笑着。

第四十五章

结束

这就是故事的结尾。有许多人对任何事情都一概不感到惊奇，他们是不会相信这个故事的。然而，我早已锻炼得习惯于这些人对这个故事的疑惑了。

斯特隆博利的渔民们以他们经常对船只失事难民的友善接待了我们，并且给我们衣服和食物。等了四十八小时以后，我们终于在8月31日被送到墨西拿①。我们在那里好好地休息了几小时以后，完全解除了旅途上的疲乏。

9月4日，星期五。我们登上了法兰西皇家邮船伏尔吐诺号，三天以后就在马赛登陆。我们的脑子里一直在想一个问题，就是我们那倒霉的罗盘。这种难以解释的情况依然使我忧虑异常。9月9日傍晚，我们抵达了汉堡。

我不想描写玛尔塔的惊讶和格劳班的欢乐。

"现在你是个英雄，"我亲爱的未婚妻说道，"你永远不会再离开我了，阿克赛。"

我看着她。她悲喜交集。

黎登布洛克教授的归来是否轰动了汉堡，这一点我留着让大家去想象。由于玛尔塔泄露了秘密，他往地心游历的事实已经散布到全世界。人们不肯相信，而且当教授回来以后，他们还是不相信。

然而汉恩斯回到了冰岛，从冰岛传来的一些消息多少改变了这种舆论。

这时候叔父已经成为伟大的人物，而我由于是一位伟大人物的侄子，也变得有些伟大了。汉堡为我们设下了宴会。约汉奈姆举办了一次大会，教授在大会上报告了我们远征的经过，只省略了关于罗盘的事。同一天，他把萨克奴姗文件存进了城市档案局，并且表示虽然他意志坚强，但客观环境万分艰险，使他不能跟随丹麦人的踪迹去到真正的地心，这使他深感遗憾。他谦虚地对待他的这份荣誉以及因此得到的名声。

---

① 墨西拿：在意大利西西里岛东北，是该岛上第三大城市，1908年曾发生地震。

这么多的荣誉必然会招来别人的妒忌。再加上他有事实根据的理论是和公认的科学体系及地心热学说相违背的,所以他就同世界各国的学者展开了很多次著名的辩论及笔战。

根据我的理解,我是不同意他的冷却理论的。虽然我也经历了这一切,但我相信而且将来仍然相信地心热的说法。不过我承认,地球上某些我们尚未充分了解的东西会影响自然现象规律的适用范围。

在这中间,叔父还有一件使他感到真正遗憾的事。汉恩斯不管叔父如何恳求,离开了汉堡。幸亏有了他,我们才获得一切成就,而他却不让我们报答便走了。他得了思乡病。

"再见。"有一天他说了这一声简单的告别语以后,就动身到雷克雅未克去,后来他平安地到达了这个地方。我们都对他恋恋不舍。我永远不会忘记他,而且我还希望在我死以前能再见到他。

最后,我应该说这本《地心游记》大大地轰动了全世界。它被印出来,翻译成各种语言;人们讨论它,评论它,相信者和怀疑者分别以同等坚定的理论来维护它和攻击它。这是难得发生的事情。叔父终身享受着他所得到的一切荣誉,并且由于巴纳姆先生的提议,他在美国进行巡回演讲,得到了很高的酬谢。

然而美中不足,有一件事,几乎可以说是一种痛苦,却和他的荣誉联结在一起。这就是罗盘的无法解释的行为。对于一位像叔父这样的科学家来说,一件解释不出来的事实简直是对于心灵的一种折磨。然而,老天爷毕竟早就给叔父准备好了快乐。

有一天，我在他的书房里整理一大堆矿物标本，看到了这只赫赫有名的罗盘，便动手检查它。这只罗盘在那里待了已经半年，几乎没有意识到它给我们带来的麻烦。

忽然间，我感到十分惊讶，惊叫了一声。教授于是跑到我身边。

"什么事？"他问。

"这只罗盘——"

"好了？"

"嗳，罗盘的指针把北指成了南！"

"你说什么？"

"您看！它的两极正好换了个个儿！"

叔父看着，和别的罗盘比较了一下，忽然狂跳起来，连房子也震动了。

一道光亮照进了他和我的脑子！

"所以，"当他能够说出话来的时候，他喊道，"我们到达萨克努姗海角以后，这只讨厌的罗盘针把北指成了南？"

"显然如此。"

"这样就可以说明我们的错误了。那么罗盘的两极是怎样颠倒的呢？"

"理由很简单。"

"你解释一下吧，我的孩子。"

"黎登布洛克海上发生风暴的时候，那团火球磁化了木筏上的铁，同样也捉弄了我们的罗盘！"

"啊！"教授叫道，他忽然大笑起来，"原来这是电玩弄的鬼把戏！"

　　从那天起叔父成了最快乐的科学家，而我由于可爱的格劳班以侄媳和妻子的双重身份搬进了科尼斯街的房子，也成为最快乐的人了。大名鼎鼎的奥多·黎登布洛克教授，世界上所有科学、地理和地质学会的通讯会员，是我的也成了她的叔父，这一点是毋庸赘述的了。